KB036343

살아
있다면
리플

살아 있다면 리플

8년간 주고받은
청소년들의 시와
문학 교사의 감성 편지

이낭희 엮음

Humanist

청소년들의 시,
그들과 나눈 감성 산책에 초대하면서

'문학이 한 송이 꽃처럼 향기롭게 학생들 마음속에 스며들 수는 없을까? 한 편의 시와 대화하면서 그 속에 살아 있는 삶을 만나는 감동을 나눌 수는 없을까? 문학의 숲에서 교사와 학생이 동행하는 삶의 길찾기를 할 수는 없을까?'

감동이 살아 있는 문학 수업을 만들기 위해서 고민하던 어느 봄날, '한 편의 시에서 흘러나오는 시인의 애틋한 삶의 노래'처럼 학생들 스스로 '자신의 삶의 노래를 부르는 주인공'으로 창작의 주체가 되는 것이야말로 참으로 소중한 체험이라는 생각이 고개를 들기 시작했습니다. 자기만의 향기와 빛깔로 살아가는 삶의 곁에서 문학은 살뜰한 울타리가 되어야 하니까요. 자연스레 창작을 나눌 공간이 필요했고, 고민 끝에 2000년 5월 온라인에 '청소년을 위한 본격문학감상창작사

이트(이하 창작사이트, www.nanghee.com)'라는 작은 둥지를 틀게
되었습니다.

창작 교육을 통한 감성 언어 교육은 학생들 스스로 좀 더
새롭게 세계를 품고, 자신의 감성을 계발하고, 언어로 담아내
도록 하는 것입니다. 이런 생각으로 현장 교사로서 제가 시도
한 시 창작 교육은 논리적인 언어에 익숙해진 학생들의 언어
와 가슴을 어루만지는 이른바 감성 교육입니다. 내면적인 감
성을 튼튼하게 하기 위한 배설을 유도하고 지지하고 격려하
고, 그 속에서 언어적인 훈련을 병행하는 창작 교육의 새로운
가능성을 열어 본 것이지요.

창작의 숲을 찾아온 어린 시인들의 모습은 참 다양했습니
다. 십대 청소년이 아니라면 느낄 수 없고 찾을 수 없는 그들
만의 세상, 그들만의 상처와 눈물, 그리고 방황. 시의 행간에
서 느껴지는 그들의 삶이 어른거려 모니터 앞에서 눈물지었
던 적도 많았습니다. '창작사이트'에 올라온 시에 대한 저의
답글(감성 편지)에 감사의 마음을 전하는 학생들과 다르게, 저
는 십대들만의 글 숲을 함께 거니는 행복한 선물을 아무런 대
가없이 받고 있었습니다. 늦은 밤 빈방에서, 교무실 한 켠에
서 눈시울을 적시게 한 감동의 주인공들이 있었습니다. 어느
날 제주에서 진한 바다 내음과 함께 날아온 시, 고단한 삶에
흔들리는 아버지와 아들의 눈물이 담긴 시, 스승의 날을 축하
하며 보내 준 꽃보다 아름다운 시……

시를 나누며 울고 웃었던 8년간의 시간! 어린 시인들과 나눈 감성 편지들이 어느덧 1만여 통이나 됩니다. 그들의 시는 저도 모르게 잃어버린 삶의 소중한 것들을 돌아보게 하고 추억하게 했습니다. 그들의 눈물겨운 삶의 이야기가 고스란히 녹아든 시에서는 소박하지만 위대한 '삶'이 보였습니다. 아파서 찾아온 사람에게 가장 좋은 처방은 아픔을 들어 주고 격려해 주는 일입니다. 인생의 길을 가는 너와 나의 만남, 마음으로 놓인 오작교 '창작 시'와 학생 시에 부친 저의 눈 맞춤 '감성 편지'는 저에게도 '창작사이트'에 오는 학생들에게도 인생의 특별한 선물이 되었습니다.

교사와 학생이 함께 만드는 문학 교실을 꿈꾸며 시작한 행복한 문학 선생님! 그 꿈이 깊어지고 깊어져서 '창작사이트'라는 작은 둥지를 튼 지도 벌써 8년째. 십대들의 순수와 감성과 사랑과 눈물이 좋아서, 밤을 지새우며 엮어 온 우리들의 창작 이야기를 두근거림과 설렘을 안고 세상에 내놓습니다.

이 한 권의 시집이, 아직은 십대들만의 감성을 오롯이 노래한 시집을 만날 기회가 적은 중·고등학교 학생들에게는 또래들의 삶을 담아낸 창작 시를 만나는 두근거림으로, 지난 학창 시절을 그리워하는 누군가에게는 가장 순수했던 그 시절을 만나는 설렘으로 다가가기를 바랍니다. 또한 창작 지도에 뜻을 두신 선생님들께는 학생들의 시를 어떻게 만나고 이끌어 줄 것인지 길을 밝혀 주는 소박한 등불이 되기를 소망합니다.

'창작사이트'에서 만나던 그 무렵, 아직은 어린 무명 시인들이었으나 감성 편지글에서는 이들 모두를 '시인'이라 명명했습니다. 8년의 시간이 흐르는 동안 창작 시의 주인공들은 대학생이 되거나 대학을 졸업해서 문단에 등단하기도 하고, 시인이 되고 싶었던 꿈을 뒤로하고 평범한 사회인으로 살아가고 있기도 합니다. 그러나 지난날 시를 통해 서로가 서로에게 마음의 불씨를 지펴 주었던 시간은 오래도록 지워지지 않는 아름다운 그림으로 남아 있을 거라 생각합니다.

　끝으로 '시'를 징검다리 삼아 꽤 오랫동안 나누었던 우리들의 창작 이야기를 아름다운 한 권의 시집으로 엮어 준 휴머니스트 출판사에 깊은 감사를 드립니다. 또한 문학 선생님의 길을 오롯하게 걸어갈 수 있도록 늘 곁에서 지켜봐 주는 사랑하는 나의 가족들, 특히 신이 주신 사랑스런 두 딸 아진이와 은이에게도 고마운 마음을 전합니다. 그리고 무엇보다 그동안 '창작사이트'에서 함께 시를 나눈 어린 시인들에게 우정을 담아 깊은 고마움을 전합니다.

　우리들의 작은 열매가 오래도록 깊은 향기로 남아 시집을 펼쳐드는 많은 분들께 청소년들의 시, 그 숲을 산책하는 길에 풀 향기가 가득하기를 소망합니다.

봄의 한가운데에서
엮은이 이낭희

차례

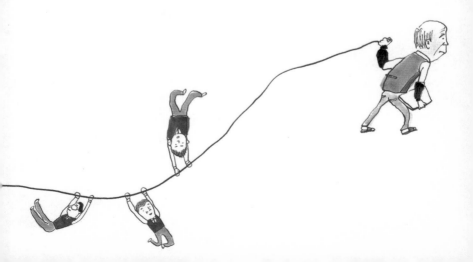

성찰을 통한 말걸기

깊은 사색을 통해 만난 세상

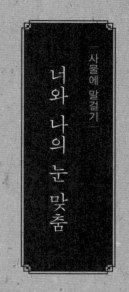

사물에 말걸기

너와 나의 눈 맞춤

어느 날 문득 길가에 핀 꽃 한 송이가 새로운 향기와 빛깔로 다가올 때가 있어요.

살아 있는 너를 향한 나의 따뜻한 눈 맞춤에서 너와 나의 대화는 시작되지요.

서로의 존재를 느끼려는 애틋한 마음이 동행한다면, 순간순간이 늘 새로울 거예요.

만남은 두근거림으로 찾아오지요.

십대들의 시 창작 숲길에는 누가 기다리고 있었을까요.

빈 둥지

고2 함가영

개나리꽃 가지 사이에서 빈 둥지를 보았다
때 묻은 작은 깃털이 여러 개 남아 있는
아직도 그 둥지 주인의 체온이 느껴진다

빈 둥지, 주먹만 한 작은 집을 귀에 대 보았다
바람 소리만이 들릴 뿐이었다
그 체온의 주인은 누구였을까

각자의 삶을 위해 뿔뿔이 둥지를 벗어나고
지금은 소란스러웠을 그때를 생각한다
좁은 둥지 안에서 서로 부대꼈을 날들을

빈 둥지를 땅속 깊이 묻어 버렸다
어디서도 안타까움의 소리는 없었다
따스했을 그때의 체온도 함께 묻어 버렸다

✦ 아름다운 눈 맞춤

봄이 오는 길목! 길을 걷다가 우연히 개나리꽃 가지에서 빈 둥지를 보았군요. 무심코 지나칠 수도 있었을 텐데 발걸음을 멈추고 살며시 둥지에 귀를 기울이게 되었나 봅니다. 그런데 안타깝게도 주인은 온데간데없고 바람 소리만 살고 있었군요.

그러나 생각해 보면 바로 그 작은 둥지 안에도 서로 살을 맞대고 함께 살았던 시절이 있었을 테지요. 지금은 버려진 둥지, 좁은 둥지 안에서 몸을 비비며 체온을 나누었을 그때를 상상하는 눈길, 껍데기만 남은 빈 둥지를 안쓰러워하며 땅속 깊이 묻어 주는 손길이 참으로 애틋하군요.

시간의 그늘을 지날수록 샘물처럼 더 은은하고 깊어지는 시인의 모습을 오래도록 지켜보고 싶습니다.

허수아비

고2 고명국

태양이 창창하게
세상을 뒤덮은 여름날
꾸깃꾸깃한 밀짚모자를 쓰시고
우리 벼들 앞에 나타나신
우리들의 나무장군

장마전선 속에서
차디찬 바람 기습해도
폭우 화살 쏟아져도
푸드덕푸드덕거리며
날아드는 적병들을
우리를 위해
물리쳐 내시는
꼬질꼬질한
누더기 군복을 입으신
우리들의 나무장군

이제, 우리들은 떠나고
아무도 없는

허어연 눈 쌓인 전쟁터에서
낡고 썩어 가는
몸을 가누며
호올로 말없이
임무를 수행하는
우리들의 용맹한
나무장군 허수아비

✦ 허수아비에 대한 새로운 발견

오곡백과 풍성한 가을 들판을 지키던 주인공이 오늘은 가을을 훌쩍 보내고 눈 내리는 겨울 한복판에 서 있습니다. 새로운 향기와 빛깔을 가진 언어에 의해 허수아비가 새롭게 다시 태어났습니다. 대상을 마주하는 시인의 시선이 참으로 건강하고 힘차 보입니다.

마지막 연의 '전쟁터'라는 표현도 참신하고, 썩어 가는 몸을 곧추세우고 눈 쌓인 전쟁터를 홀로 지키고 있는 모습에서는 비장감마저 느껴집니다. 자신의 눈으로 만나는 세상, 진지한 발견이 매우 돋보이는 대목입니다.

시는 이렇듯 가던 발걸음을 멈추어 서서 깊이 있게 바라보고 곱씹어 보면서, 자기만의 언어와 새로운 이미지를 만들어 가는 것이겠지요. 시인이 찾아가는 세상, 그 힘찬 목소리가 들려주는 새로운 발견을 시를 통해 계속 만나고 싶습니다.

낙엽이 낙엽에게

고3 정세라

가만히
소녀의 손목을 두드리며
붉은 잎사귀가 하나 내려온다.

시집 한 권을 옆에 끼고
낙엽 위를 걷던 소녀는
붉은 두드림에 멈추어 서서
길 위의 낙엽을 줍고는
시집 사이에 가을을 넣는다.

저만치, 오늘
낙엽같이 떨어진
30대의 가장은
다시,
시집 속에 들어간 낙엽 한 장을
물끄러미 바라보다
문득
자신도 멈추어 서서
구두 밑의 낙엽을 손에 담는다.

낙엽이 낙엽에게,
나도 누군가에게
시집 속의 지난 가을이었으면,
그렇게
한 장의 기쁨이라도 될 수 있었으면…….

_이화여대 백일장 수상작

❋ 아름다운 사색으로 일구어 낸 꽃밭

이 시를 읽으면서 너와 내가 나누는 일상에서의 사색이 아름다운
시 한 편을 만들어 내는 참으로 귀한 순간임을 생각합니다.
기교를 부린다거나 지나치게 세련된 시적 언어를 쓰지 않은 소박
함과 순수함이 묻어나는 시입니다. 시어로 생명을 얻기까지 시인
이 가슴속에서 참 많이 품고 키웠을 것 같은 고운 가을의 낙엽들이
나지막하게 제 목소리를 실어 보냅니다. 시의 언어를 넘어서 가장
낮은 곳에 감추어진 시인의 마음이 지나가는 이의 발걸음을 멈추
게 합니다. 진실하고 소박하게 한 걸음 한 걸음 옮기는 지금 이 순
간이 오늘을 만들고, 내일을 만들고, 삶을 만들고, 시를 만듭니다.

섬 동백

고3 김동환

섬 동백이 쓰리도록 붉은 이유는
무자년 바람이 건천(乾川)에 흐름이라.

태왁을 어깨에 진 늙은 해녀
고향으로 고향으로 몸을 뻗어 보지만

긴 세월 지켜 선 한라의 삼백 아들은
끝내 굽은 허리를 놓아주지 않고…….

진 바다 향해 터트린 눈물 같은 꽃잎.
건천에 달리는 테우는 구슬프게 만선(滿船)이라.

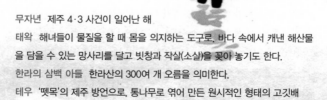

무자년 제주 4·3 사건이 일어난 해
태왁 해녀들이 물질을 할 때 몸을 의지하는 도구로, 바다 속에서 캐낸 해산물
을 담을 수 있는 망사리를 달고 빗창과 작살(소살)을 꽂아 놓기도 한다.
한라의 삼백 아들 한라산의 300여 개 오름을 의미한다.
테우 '뗏목'의 제주 방언으로, 통나무로 엮어 만든 원시적인 형태의 고깃배

✤ 제주에서 전해 온 진한 흙내음

시인 자신의 목소리가 생생하게 살아 있어서 돋보이는 작품입니다.
생각해 보면 태어난 곳에서 그 땅의 흙냄새 맡으며 사랑을 품고 살
아간다는 것은 참으로 위대한 일입니다. 그야말로 내가 흙이 되고,
바다가 되고, 섬이 되고, 내 안에 또 하나의 나를 품는 일입니다.
'눈물짓는 붉은 꽃잎'과 대조적인 '만선'이 매우 인상적인 풍경으로
다가옵니다. 그래서 그 속에 채 다 담기지 않은 애잔한 장면을 좀
더 섬세하게 묘사했더라면 하는 아쉬움이 드는걸요. 제주 사람들
의 역사적인 아픔이 좀 더 구체적으로 드러나도록 말이죠.
이 시를 통해 한곳에 뿌리내리고 살아가는 삶에 대해 다시 한 번
생각해 봅니다. 그 속에서 현실을 읽어 내는 건강한 눈을 한 편 한
편의 시에 살려 내는 것 또한 나만의 향기를 만드는 것이겠지요.

스파이

고2 이민영

늦은 밤
독서실에는
나와 모기 한 마리만
남았다.

고개가 스르륵
떨어질라치면
자지 마라

다른 친구들은
무얼 하고 있을까
다른 생각 할라치면
공부해라

어디로 갔는지
평소에는 보이지도 않던 녀석이
책에서 잠시 눈만 떼면
날아와서 야단이다.

이놈
탁 잡아 버릴까 보다
싶다가도,

이 늦도록
내 딸이 무얼 하고 있을까
걱정되어
꿈결에 엄마가 보낸
스파이라는 걸 알기에

오늘도 사랑의 스파이와
밤을 지새운다.

✦ 사소한 것과의 눈 맞춤

곳곳에 기발한 발상이 엿보이는 시입니다. 모기는 엄마가 보낸 스파이라! 참 재미있는 발상입니다. 독서실에서 밤늦게까지 공부하다가 만난 모기 한 마리에게 어떻게 이런 눈 맞춤을 할 수 있었을까요. 그 밤! 시인 특유의 발상이 이끌어 낸 '아름다운 여유'를 보면서 저도 모르게 웃음 짓습니다.

마지막 두 행은 시적 감각이 돋보이는 대목입니다. 비록 작고 사소한 것일지라도 세심하게 관찰하고, 의미를 찾고, 그 속에 자신만의 목소리를 실은 시인의 시를 지켜보는 것은 제게 매우 큰 즐거움입니다.

그림일기

고1 김지은

방 책꽂이 귀퉁이
주인도 찾지 않는 빛바랜 일기 한 권
어쩌면 오래전부터
누군가를 기다렸는지도 모를 일

가만가만 여는 손끝에
두근두근거려
첫 장 넘기는데
깍두기만 한 글씨
차마 웃지 않을 수 없는
어린 날의 초상화가 나란히 걸어온다.

어느덧
입가에 살포시 묻어나는 미소는

엉터리 맞춤법과 우스운 그림 때문일까
잊고 있는 줄 알았던 어릴 적 그림
추억이 고스란히 담겨 있는 것을 보고
이 작은 한 권에 있는 나

지금의 나와 다른 걸
한참을 보다가 눈물이 난다.

✚ 시 창작을 위한 진지한 첫발자국

시인의 가슴속에 흐르는 감성이 보이는 듯합니다. 아름다운 추억
들을 꺼내 보는 것은 그 자체만으로도 행복한 일이지요. 비록 오랜
시간이 흘렀을지라도, 그 속에는 어릴 적 추억이 살아 있기 때문입
니다. 깍두기만 한 글씨, 어린 날의 초상화, 엉터리 맞춤법, 우스운
그림 들 속에 참 많은 느낌표가 살아 움직입니다.
시는 신비로운 힘이 있어서 시를 짓는 이의 눈과 마음을 씻어 주지
요. 얼마나 간절하고 애틋하게 품느냐에 따라 가슴속에 물결치는
파장은 다를 거예요. 시인의 가슴에서 나지막하게 흘러나오는 한
편 한 편의 소박한 느낌표들을 계속 만나고 싶습니다.

생명을 파는 곳

고2　함가영

그곳은,
애완견을 파는 가게였다.
유리창 너머로
그 앞을 오고 가는 행인들을
멀뚱히 바라보고 있는 강아지들에게
시선이 걸려 멈춰 섰다.

민들레 꽃씨마냥 하얀 털에
방금 하품을 한 듯
눈 주위가 촉촉하게 젖어 있는 강아지
같이 누워 있는 강아지의 털을
입으로 옴지락거리는 강아지

강아지들 한 켠에는 어미 개인 듯한
작은 체구의 개 한 마리가 누워 있다.
강아지들은 지쳐 있는 개가
자신들의 어미인 줄을 알까

머리는 리본으로 묶고
분홍색으로 염색도 했다
그들을 데려갈 주인이 오면
하나의 상품이 되어 팔려 간다.

어미는 버젓이 누워 있는데
그 옆에서 새끼들이
보란 듯이 팔려 갈 것이다.

어미도 모르게…….

✦ 아름다운 발견, '한 생명이란?'

시의 제목부터가 참 새롭습니다. 시를 쓰는 이들이라면 우리 주변
에 살아 있는 이름 없는 사물들과 느낌을 나누고 그 느낌을 마음속
깊은 곳에 품어 사랑을 키워 가야 하는 것 아닐까요. 그 안을 가만
히 들여다보면 그들의 탄생과 성장과 죽음을 발견하게 됩니다. 마
치 우리의 삶 속에 탄생과 이별과 죽음이 있는 것처럼. 그래서 시인
은 길가에 핀 이름 없는 풀 한 포기에서도 존재의 의미를 발견하는
것인지 모르겠습니다.
강아지의 털을 '민들레 꽃씨'에 비유한 것이 매우 새로운걸요. 하나
의 상품으로 취급되어 팔려 가야 하는 강아지! 생명을 파는 차가운
인간의 모습과 어미 개와 강아지들이 나눈 따뜻한 체온이 대조적
으로 그려져 시인이 의도한 감동이 그대로 전해집니다.

용신리 삽화

고3 윤경미

"조개가 아주 잘 영글었네~"

조개 캐는 아낙들이 분주한 손길로 봄을 두드립니다. 조갯살 톡톡히 영글 때마다 마을 사람들 눈가에 물결이 잔잔히 일고, 내 기억하건대 용신리에 봄은 오지 않았으나 개나리며 진달래가 화사하게 피어나 바다와 썩 잘 어울리곤 하였습니다.

아침이면 어김없이 엄마를 부르는 듯한 "움머~움머~" 소 울음소리, 세상의 경쟁에 찌들지 않은 산속 새소리가 들판을 달립니다. 나이 지긋하신 노인정 할아버지의 빨간 오토바이가 보일 때쯤이면 이미 오후가 다 되었다는 것이므로 두릅이며 벙구며 미나리, 머위 나물들로 점심 식사 챙기는 주부들 마음이 분주해집니다.

'용신리'라는 이름에 익숙해진 사람들, 남들에겐 특별할 것 하나 없는 작은 마을이지만 도회지 성냥갑 아파트처럼 굳이 애써 노력하지 않아도 가슴 훈훈한 이웃이 있다는 것을 그들은 알고 있습니다.

바다는 기억하고 있을까요. 한때 희고 고왔을 우리 할머니, 우리 어머니 손길을. 어머니의 바다는 늘 고단한 곳이었으나 아침저녁으로 들리는 하얗고 까만 파도의 노래에 하루 노곤한 마음을 기대어 봅니다.
덜커덩 경운기 소리에 하루해가 작별 인사를 건넬 때
쯤이면 용신리의 봄을 한 소절 느린 걸음으로 서성이
듯 뒤돌아봅니다.

✚ 소박한 시골 풍경 스케치

시에서 그리고 있는 소박한 그림이 정겨운 시골 풍경으로 다가옵
니다. 오랜만에 듣는 바닷가 마을 이야기입니다. "덜커덩 경운기 소
리에 하루해가 작별 인사를 건넬 때쯤이면 용신리의 봄을 한 소절
느린 걸음으로 서성이듯 뒤돌아봅니다."에서 시인의 발걸음과 돌
아보는 시선이 아름답습니다. 가던 걸음을 멈추고 지나온 자리, 그
곳에서 피어나는 삶, 그곳에 배어 있는 땀방울과 귀한 눈 맞춤을 할
수 있다면, 그 순간 참으로 행복한 주인공이지요.

초록빛 감성 깨우기

우리들의 마음에 물음표도 좋지만 느낌표들이 살았으면,

이성과 논리보다는 감성의 물고기들이 파닥거렸으면……

마음과 마음이 만나는 곳에는 늘 향기가 머무르니까요.

마음이 마음에게 건네는 속삭임은 오래도록 잊히지 않으니까요.

누구라도 십대 그들이 드리워 놓은 서정의 그늘을 지날 때는

초록 나무 그늘보다 더 진한 풀빛이 가슴속에 물들겠지요.

마지막 수업

고3 윤희강

시골 똥 냄새가 좋아
여태까지 눌러 있었다는
우리 할배 선생님
오늘 아침 마지막 수업
그 진한 똥내 교실에

옛날이야 할배 수업시간
눈 빠지고 팔 빠지게
필기 수업 국어 수업
말 많던 그 옛날이야

생생한 젊은 선생님들처럼
따끈한 프린트 돌리고
밑줄 긋는 수업이면
손도 덜 아프련만,

공부도 아파야 공부라며
할배 시간 교실 바닥
허연 서릿발이 날리고
삼십 년 백묵 잡은 손가락

안으로 굽어진 세월은
내려오는 교단 인생
잡아끄는 눈망울들
등 돌린 필기가 계속된다

쉬는 시간이 끝나도
지우고 지우고 다시 쓰는
할배의 마지막 수업
엘리제를 위하여
온 학교를 떠나가도

한평생 평교사로 남은
할배의 오래 야윈 등골
학교 담장 묵은 수세미처럼
넘지 못하는 키 낮은 정(情)

✦ 마음의 꽃을 배달해 준 행복한 선물

교단을 떠나는 선생님의 마지막 수업이 감동적으로 그려져 있군
요. 때때로 외롭고 절망스런 순간도 있었을 테지만, 그럼에도 한 송
이 꽃향기 피우려고 땀을 흘리셨을 노(老)선생님이 지나오신 삶을
생각하게 합니다. 이 시의 마지막 연에는 '할배' 선생님의 삶에 따
뜻하게 손 내밀 줄 아는 시인의 아름다운 마음이 가득해서 읽는 이
의 마음마저 훈훈하게 하는걸요.
사람과 사람 사이의 향기는 이렇듯, 서로가 걸어가는 그 길에서 가
만히 속삭여 주고 따뜻하게 손 내밀어 주는 일일 겁니다. 그 길 위
에 머무르는 시간이 길지 않더라도, 그 향기는 오래도록 남아 서로
의 가슴에 그리움의 꽃을 피울 테지요. 선생님과 제자가 만나 나눈
이야기는 서로의 발자국 위에 오래도록 머물 거예요.

보름달 _하니 선생님께

대학 1년 정세라

길을 거닐다
뱃속에 보름달을 안은 여인들을 볼 때면 저는 기분이
참, 그렇습니다

작년 여름이었던가요, "우리 애기 보러 나중에 놀러 와"
환히 웃으시던 우리 선생님께서
품 속의 보름달 환히 내놓으시려다 불쑥,
별이 되어 날아가신 것은

이제 십 개월 되어 방긋 웃고 있는 그 애기,
자라고 자라서 어느 날인가 몸 안 작은 집에 품을
그 보름달이 되고 싶어
숱한 죽음과 태어남의 순간에 놓여 계실 선생님은
지금쯤
어떤 모습으로 이 우주를 날아다니실는지

오늘은 비님이 참 많이도 오시고
어디선가 꽃은 또 피고, 지려 합니다.

✛ 이승 떠나신 선생님을 향한 제자의 애틋한 속삭임

고교 시절 3년 동안 시를 통해 만나고 대학생이 되어서도 그 인연이
이어지고 있으니 저와 시인의 인연은 참으로 깊습니다. 갈수록 깊어
지는 시어들의 숲을 지나노라니 저의 가슴마저 향기로워집니다.

사연이 있는 시로군요. 시 속에 놓인 고운 언어들의 징검다리 사이
에 담긴 슬픈 이야기가 눈에 보이는 듯합니다. 별이 되어 날아가신
선생님이 품으셨을 보름달, 이승에서 차마 꽃을 피워 보지 못하고
끝내 별이 되어 떠나신 스승을 그리워하는 제자의 눈물이 보는 이
의 가슴을 저리게 합니다.

삶을 나누는 시는 아름답습니다. 서로의 눈물을 품어 주는 시는 더
욱 아름답습니다. 채 잊지 못한 인연일지라도 오늘 이렇게 품으니
그 향기는 더 깊어질 테지요.

빨간 우체통

고3 하덕향

입이 있으면 말을 해야지
이놈아!
그렇게 가만히 있으면
너에게 맡기기가 부담스러워지잖아

까까머리 군데군데
땜통이 우스꽝스러웠던
중학교 시절
어설프게나마 사랑을 알았던
그 마음 옮겨 놓은 편지 한 통을
조심스레 너의 입에 넣는다
읽지 마! 읽지 마!
당부하고 또 당부했지만
뒤돌아 걸어가다
다시 돌아보면
빨개진 얼굴이
내 편지를 읽었구나
내 마음을 읽었구나……
부끄러움에 뛰어가다

그 애도 너의 얼굴처럼 붉어졌으면
작은 기대에 부푼 마음
너는 알겠지
너는 알았을 거야.

✚ 우체통이 빨간 이유는······

시를 어쩌면 이렇게 재미있게 쓸 수 있을까요? 자신의 감각을 유감
없이 발휘한 작품입니다.

"까까머리 군데군데 땜통이 우스꽝스러웠던 중학교 시절"의 시인
에게 찾아온 첫사랑의 추억, 그 설렘과 부끄러움이 생생하게 느껴
지는걸요. 첫사랑의 고백을 빨간 우체통은 알고 있었으니 말입니
다. 참 멋진 발상입니다. "그 애도 너의 얼굴처럼 붉어졌으면"이라
고 한 표현에서는 시인의 애틋한 마음이 고스란히 전해집니다. 이
시를 읽다가 제 얼굴이며 마음에도 붉은 물이 들었답니다. 행여 누
군가에게 들킬까 봐 뒤돌아보고 있습니다.

목련

고3 이가은

내 마음 이같이 어지러운 사월의 오후
누구의 가슴으로 품었기에
이리도 따뜻한가.

느릿느릿 굴러가는 네발 자전거가
휘-익 가르며 토해 낸
봄의 향기를 핑계 삼아

저 머얼리
어느 가난뱅이 호주머니에 짤랑이는
시름의 소리마저
삶의 그리움으로 내려앉아
허옇게 질린 목련 같은 내 가슴을
툭 치고는, 샛노란 병아리처럼
걸음마 배우며 엉금엉금 멀어진다.

유난히 더디던 지난겨울이
주르륵 흘리고 간 무언의 고독에
한없이 흰 꽃가루를 뿌리는

봄 발자국을 따라

정신없이 흩날리던
눈발들, 그 겨울이 그립다며
금방이라도 굵은 눈물방울 떨굴 듯한
목련이 되어
내 작은 가슴 새로 줄줄이 줄타기해 앉았다.

잎보다 꽃망울 먼저
피워 내는 목련
봄의 숱한 설렘 속에
흠뻑 젖어 보기도 전에
알지 못할 그리움을
전해 준 가련한 꽃.

드리우는 얼굴마다 무슨 설움 그리 많아
엷은 미소에 총총히 서려 있는
그 추억, 그 눈물겨운 향기가 아프다.

내 마음 이같이 나부끼는 사월의 오후
누구의 가슴으로 품었기에
이리도 따뜻한가.

✤ 누구의 가슴으로 품었기에 이리도 따뜻한가

시를 다 읽고 나서도 눈을 뗄 수가 없었습니다. 처음 은은하게 시작한 물기가 점점 더 선명하게 가슴속 깊이 흘러 들어왔기 때문이죠. 사월이 끝나 가는 길목에서 만난 '목련'을 이토록 절절하게 담아낼 수 있다니, 시인의 서정에 아낌없는 격려의 말을 전하고 싶습니다. 시어 선택뿐만 아니라 상황을 담아내고 있는 밑그림(이미지)도 부족함이 없습니다. 생생하게 살아 있는 시인만의 언어입니다. 연마다 맺힌 정서 또한 새벽빛을 머금은 이슬방울들처럼 팽팽하게 꽉 들어차서 흐트러지거나 풀어지지 않고 있군요.

눈 오는 날

군인 김동환

눈물이 손끝에 맺혀 있다.

이제 곧 3월이란다
꽃피는 봄이 오고
꽃 같은 신입생도 오는
춘삼월이라는데,
마른 가지에는 얼음꽃만 한창이다.

흐드러지게 내리는 눈
어머니의 목소리는 잠겨 있다
감기 조심하라고
고참 말 잘 들으라고
떨어지는 동전에
수화기는 무거워진다

겨울은 아직 북풍을 부른다
아슬하게 흔들리는 군번 줄
눈물이 스며든 손끝이 시리다.

✦ 마음에서 피어난 얼음꽃 한 송이

고3에서 대학생으로, 어느덧 군인으로. 시간의 숲, 인생의 숲 속에는 참 많은 이야기들이 살고 있습니다. 봄은 멀고 얼음꽃만 무성한 부대 한 켠에서, 떨어지는 동전에 가슴 졸이며 어머니와 나누는 짧은 전화 통화, 그 목소리가 들리는 듯합니다. 어머니의 목소리가 시인의 가슴에 봄바람처럼 스며들었을 테지요. '거리'는 서로의 존재를 다른 향기로 품을 수 있는 여백을 주지요. 사랑했던 사람들. 함께했던 사람들. 그러나 시인은 지금 그곳에서 함께하지 못하는 그들 한 사람 한 사람을 아름다운 꽃송이처럼 품고 있겠지요.

모량역에서

고3 이가은

내가 너무 많은 날이면
느릿느릿 굴러가는 바퀴 위에서
어린아이처럼 울음을 터뜨리는
기차를 앞서지 않고
철길을 따라, 이름 모를 간이역을 지나
목월 생가라 적힌 안내판을 지나
모량역에 가고 싶다.

가는 길에 심심치 않게
색 바랜 팸플릿 옆에 끼고,
종일 오지 않을 연인을 기다리는
들꽃이라도 만나면
그냥 내 이름을 주어야겠다.

기찻길 틈새로
가느다란 목 끊어질 듯
쭉—빼고 있건만
혹여 기다리던 연인이
밤 열차라도 타고 온다면

부를 이름 하나는 있어야 하니까.
겨우 그 이름 없이도
오늘 하루만큼은 괜찮으리라.

아무도 오가는 이 없어도
기차의 흔적처럼 서 있는
철도원을 위해
모량역 그 어디쯤에 철퍼덕 앉아
낡은 시집 할랑할랑 넘기며
나, 목월의 시(詩) 읊고 싶다.

들찔레처럼
쑥대밭처럼
살라던
그 목소리 따라
군고구마같이 텁텁한
발걸음 돌릴 때
들꽃이 나를 불러 세운다.
열매가 떨어지면 툭 하는

소리가 들리는 세상에
갈 때에는
내 이름을 가져가라고

_성균관대 백일장 수상작

✛ 들꽃 향기 가득한 서정!

기차, 철길, 간이역, 목월 생가를 지나면서 만나는 모량역! 그 곁에
흐르는 은은한 풍경들. "색 바랜 팸플릿 옆에 끼고, 종일 오지 않을
여인을 기다리는" 들꽃. "철도원을 위해" 읊조리는 목월의 시. 언어
로 그려 낸 한 폭의 수채화에는 시인의 향기가 가득 차 있습니다.
시에 드러난 시인의 감성은 풍성하고 그 향기가 깊습니다. 다만 마
지막 연은 펼쳐 놓은 느낌을 거두고 떠나야 하는 순간인데, 갑자기
추상적인 국면으로 발전하고 있어 아섭군요.
풍성한 시심(詩心)이 가득한 서정, 그 곁을 함께 걷노라면 제 마음
에도 들꽃 향기가 가득해집니다.

시 엮는 이

고2 홍상진

조금은, 아주 조금은
시 쓰는 방법을 알겠다.
현란한 미사여구
꽉 막힌 굴레를 벗어나
소박한 된장처럼
구수하고 감칠맛 나는
추억들을
날실과 씨실처럼
한데 엮어
눈물 삼키는 이들과 함께
나누어 입어야 함이
참된 시인의 길임을
이제야 깨달았다.

철없던 시절
실끈 세공질로
지어 낸 금실만이
진리라 믿던
지난날,

얼마나 철없던
난행(亂行)이었던가?

철야(徹夜)에 반딧불 하나
책상 모퉁이
해진 곳에 세워 두고
길쌈질로 사랑 엮어
순백의 삼베옷 하나
지으면,

단칸방 월세 집
연탄 하나 아끼려
담요 한 장 추위
꼬옥 부둥켜안은
가여운 어린 남매들의
마음속에
따스한 불씨 하나
심어 주고 싶다.

✦ 시를 짜는 아름다운 손

참된 시인의 길이라. 그 길을 알기란 쉽지 않겠지요. 시인이 가슴속에서 품어 왔을 마음을 엿보게 해 주는 시. 그 향기가 진실하고 깊습니다.

시를 쓴다는 것은 '나'의 가장 진실하고 소박한 고백이며, '내'가 세상을 이해하고 세상 속에 뿌리내리고 피워 내는 꽃이 아닌가 해요. 시인은 이미 그 향기를 어떻게 피울지를 알고 있습니다. 그 뿌리가 땅속 깊이 들어가 더 큰 심호흡을 하고, 그 속에 흐르는 눈물에 한껏 젖어 보기 바랍니다. 그 속에서 시인이 찾아내고 길어 올려야 할 시의 두레박은 결코 가볍지 않을 테지요.

어느 겨울 이야기

중3 전미리

몇 겹이나 껴입어도
추운 겨울
달달 떨리는 입
내내 시린 찬바람만 분다.
이 겨울 보내면
찾아올 아지랑이 피는 봄날 그리며
난 다 낡아 버린 교과서를
미련없이 버렸다.

추운 어느 날,
문득 책을 읽다
외투 없이 밖엘 나갔다.
벤치에 앉아 지나는 사람
발자국 하나하나 보시던
주름진 이웃 할머니

"자가 벌써 고등학생이여?"
빙긋이 웃어 주셨다.
"추운데 어여 들어가!"

집에 들어와 달력을 찾았다.
몇 장을 넘기고 넘기니
여름 바다가 있고,
가을 하늘이 펼쳐지고,
겨울 눈꽃이 내렸다.

✛ 봄날을 기다리는 부푼 꿈

시인의 풋풋한 감성을 보며 웃음 짓습니다. 그렇군요, 이 겨울에 겨울만 품고 있는 이는 실로 어리석은 사람이군요. 꽁꽁 얼어붙은 땅속에서도 생명은 봄날을 기다리며 조용히 꿈틀거리고 있고, 수많은 학생들은 낡은 옷을 버리듯 교과서를 버리고 아지랑이 피어오르는 봄날 같은 새 학년을 기다립니다. 어느 겨울날 만난 이웃 할머니의 "자가 벌써 고등학생이여?"라는 말은 고등학교 진학의 분위기를 더욱 고조시켜 주는군요. 방 한 켠에 걸린 달력, 여름 지나 가을, 겨울로 사계의 풍경을 넘기면서 다음 해를 누구보다 간절히 기다리는 시인의 부푼 마음이 보입니다. 시간의 향기를 아는 시인이 머물고 있는 이 겨울은 벌써부터 봄 내음이 가득한걸요.

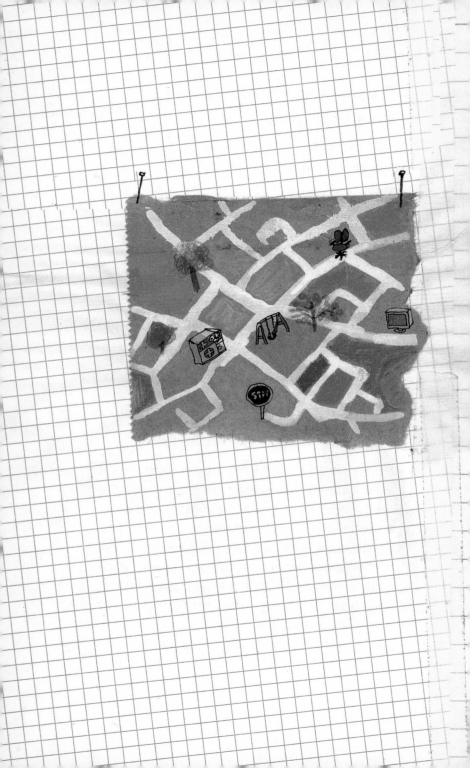

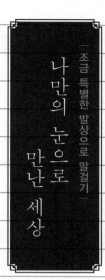

조금 특별한 발상으로 말걸기

나만의 눈으로 만난 세상

산다는 것은 끝없는 산책, 끝없는 만남.

어제와 다른 모습, 어제와 다른 빛깔, 어제와 다른 향기로 너에게 다가가 안길 수 있다면……

마음을 새처럼 자유롭게 훨훨 날려 보낼 수는 없을까요.

짜인 대로 주어진 대로만 흘러간다면 살아 있어도 죽은 생명일 거예요.

죽은 것, 죽어 가는 것에서도 삶을 만날 수 있는 자유로운 대화.

거꾸로 보고, 뒤집어 보고, 나만의 눈과 가슴으로, 나만의 언어로 세상과 소통하는 즐거움.

십대들만의 특별한 발상 속으로 떠나 볼까요.

기특한 그놈

잔가지마다 희뜩희뜩
어린 꽃잎 하나 고공낙하하다.
스륵―톡.

아찔아찔
용케 기우뚱 곡예하던
4월의 풍운아

한 놈 한 놈 죄 곤두박질할 때에도
애처로이 팔락팔락 웃던
코딱지만 한 하이얀 고놈.

"워메, 우찌 우리 할매 한복 색이랑 꼭 같노?"
달콤 알사탕 깨문 듯한
옆집 순이의 함지박 미소

고놈 참 용하다,
순이 미소에 혹해 버린
꼬마 목련 꽃잎의 앙증맞은 오기.

54

✦ 마지막 목련 꽃송이와의 눈 맞춤

4월의 끝자락, 지는 목련 꽃은 누구에게나 서정적인 감흥을 불러일
으키겠지요. 그런데 이 시는 제목부터 독특하군요. 목련이 시인에
게 어떻게 포착된 걸까요. 살아서 톡톡 튀는 언어 감각이 참 재미있
고, 시어 하나하나가 엮이는 긴장도 좋습니다. 시인의 창작에 대한
감각을 읽게 해 주기에 충분합니다. 마지막 연의 "꼬마 목련 꽃잎의
앙증맞은 오기"는 목련 꽃에 대해 시인만이 낼 수 있는 생생한 목
소리인 듯해서 더욱 신선하게 느껴집니다.

풍경 소리

고1 전소영

따뜻한 절밥 기대하며
씩씩하게 씩씩하게
몇십 개의 계단을 오른 절

엄마 백팔배 하러 들어간 사이
절간 마루에 던진 엉덩이
고픔에 허덕인다.

딸랑딸랑

바람의 선물인 양
그렇게 부드럽게 달려와서
내게로 폭 안기는 풍경 소리.

내 귀는
초록 물고기를
단번에 먹어 버렸다.

딸랑딸랑

밥도 들어가지 않은 배가
이제 저만큼이나 부르다.

물고기 가득한
그러나 물고기만 있는 것이 아닌
커다란 바다가 되어
한 번 출렁이는 배

딸랑딸랑
딸랑딸랑

배꼽 사이로
풍경 소리가 들린다.

✛ 넘치는 시적 상상력

시 제목에서 고요한 산사의 풍경을 머릿속으로 그려 보았지요. 그런데 시 속의 풍경 소리는 낯익은 산사의 잔잔한 여백보다는, 시인의 재치와 꿈틀거리는 언어를 통해 아주 새로운 느낌으로 태어나고 있군요. 처마 끝에 달린 풍경 속 물고기가 어느덧 '내' 뱃속에 들어가 기다렸다는 듯이 딸랑딸랑, 꼬르륵꼬르륵 소리를 냅니다. 눈앞의 풍경과 뱃속의 광경을 번갈아 들여다보는 시인의 시선이 아주 재미있는걸요. 시적 상상력이 매우 뛰어난 시인의 눈 맞춤! 새롭게 태어난 '풍경 소리'를 들으며 가만히 웃음 지어 봅니다.

추석

고2 이민영

동그랗고 노란 송편을 빚어 먹은 하늘은
먹어도 줄지 않아 배탈이 난 하늘은
사흘 내내 매캐한 방귀만 뀌어 댄다.

✚ 신선한 발상

시가 아주 재미있습니다. 시인만의 체험과 언어가 잘 어우러졌군
요. 한가위의 풍요로움과 배 불룩한 보름달이 연상되기도 하는군
요. 짧은 시 속에 추석에 대한 시인의 단상이 잘 담겨 있습니다. 추
석의 보름달을 놓치지 않고 포착한 진지함이 매우 인상적입니다.

눈물

고3 황동익

눈물이 곡예를 한다.
조금씩 조금씩 차올라서
떨어질까, 말까
대롱대롱 그네 타기를 한다.
소매로 곡예를 멈춘다.
아슬아슬 그네 타기는 끝나도
한 번 더, 한 번 더
아양 떠는 눈물.
다시금 눈을 가득 채우고
다시 아롱아롱 그네 타기
그리고 다시 아슬아슬 그네 타기.

✛ 움직이는 눈물

시인의 감성과 시적 감각이 한껏 살아난 작품이군요. '눈물=슬픔'
이라는 보편적인 발상에서 벗어나 시인의 목소리를 타고 멋지게
다른 모습으로 탈바꿈하고 있습니다. '눈물'이란 소재가 이렇게 동
적으로 하나하나 포착될 수 있군요. 눈에 맺히는 눈물 방울 하나하
나가 시인만의 발상, 시인만의 언어로 생생하게 살아나는군요. 자
기 안의 세계를 겉으로 세심하게 드러내는 시인의 남다른 시적 감
각과 언어 묘사의 힘에 아낌없는 격려를 보냅니다.

김치

고1 우경진

나는 사랑한다.

한 손 한 손
소금물에 티를 씻어 내면
곧 드러나는
너의 하얀 피부를

고운 손길로 너의 하얀 피부에
연지 곤지 찍으며
부끄럼과 설렘으로
조심스럽게 가마에 오르는
불그스레 빛나는 너의 얼굴을

하롱하롱 울리는 호롱불
빠끔하게 문이 열리고
바람을 타고 살짝 스치는
맵고 담백한 너의 향기를

✦ 새색시가 꽃가마에 오르듯

새색시처럼 연지 곤지 찍고 찾아올 임을 기다리는 모습일까요. 시인의 멋진 상상력과 비유에 저절로 웃음이 납니다. 섬세한 감각이 돋보이는군요. 또한 자신의 눈으로 볼 줄 알고, 자신의 언어로 표현하는 시 창작의 즐거움을 이미 알고 있군요. 시인의 눈에 들어오는 창밖의 세상, 시인의 특별한 눈 맞춤이 그려 낸 아름다운 그림들을 계속 지켜보고 싶습니다. 오늘은 저도 밥상 위에 올라오는, 수줍은 듯 얼굴을 붉힌 '김치'를 좀 더 특별하게 만나 보렵니다.

동전 지갑

고1 우경진

1

자궁 속 기억처럼 오므린 아기의 손
쥐어 준 것을 놓치지 않으려는 묘한 힘처럼
파리를 본능으로 감아 삼킨 개구리의 그것처럼
반응 반경 내.
인육(人肉)의 땀냄새와 금속의 구린내가 감지되면
앞니와 아랫니는 톱니바퀴마냥 쫘르륵 입을 닫고
지독한 금속을 집어삼킨다.
주인의 입가엔 비릿한 웃음 감돌고
먹이로 불룩한 심복의 배를 만지작거린다.

2

울룩불룩
배출 없는 소화의 한계에 이르른 그놈.
허나 주인에게서 구린내를 감지하고
아가리를 쩍 벌리더니 어그적 다문다.
마치 순서화된 프로그램처럼.

62

3

프로그램의 치명적 오류.

배탈이 난 그놈은 속을 게워 낸다.

주인 면상(面相)이 오그라졌다 펴졌다 하더니

새로운 심복을 찾는다.

절대 뱉어 내지 않을 충실한 놈으로.

✤ 번뜩이는 창조적인 발상

일상 속에서 시적인 발견을 포착하기란 쉽지 않습니다. 그러나 시
인의 눈길이 머무르는 곳에는 어김없이 시인만의 눈빛과 감각적으
로 눈 맞춤한 세계가 늘 새로운 모습으로 고개를 내밀고 있습니다.
동전 지갑을 보고 어떻게 이토록 살아 있는 언어를 끌어낼 수 있었
을까요. 시인의 번뜩이는 창조적인 발상을 만나는 것은 커다란 즐
거움입니다.

특히 셋째 연에서는 동전 지갑의 속성을 시인의 언어로 구체적이
고 섬세하게 전달하고 있습니다. 시인 특유의 발상을 통해 구체적
인 이미지를 만들어 내고 있군요. 나만의 발상이 깊은 사색과 성찰
을 통해 더 깊게 여물어서, 읽을수록 발걸음을 멈추게 하는 향기로
운 시로 거듭나기를 기대합니다.

흉

고2 윤희강

어금니로 깨문 알밤이
딱 하고 익은 소리 낸다.
쪽 난 속살을
가만히 들여다본다.
알밤은 벌써
퍼런 멍이 들었다.
나는 손톱만한
약숟갈로 쥐 파먹듯
속살을 파먹었다.
멍까지 파먹었다.
손바닥에 부수어 가며
약을 먹듯,
탁탁 털어 넣었다.
그날 밤
달이 우리 집 담장 위에
박처럼 영글었는데,
오줌 누러 나온 나,
문득 귀가 가려워 돌아보니
앞마당에 널린 빈 밤껍질들

저희들끼리 수군거렸다.
천상 지 애비라고
구르며 흉을 보았다.
우리 할매 같았다.

✦ 참신한 발상, 살아 있는 언어

휘영청 달 밝은 밤, 앞마당에 널린 알밤 껍질들의 속삭임이 들리기 시작했군요. 시적 상상력이 탄탄할 뿐만 아니라, 그 속에서 '흉'이라는 제목을 포착해 낸 것도 높이 평가할 만합니다. 흠잡을 데 없는 시입니다. 자연스러운 발상, 톡톡 튀는 자신만의 언어 선택이 아주 돋보입니다. 마지막 행에서 밤껍질들의 수군거림을 듣는 시인의 모습을 상상하며 웃음 짓습니다. 그 무엇과도 대화를 이끌어 낼 수 있는 힘이야말로 시 창작의 행복일 거예요.

강낭콩의 탈출 시도

고1 우경진

선반 위에 놓아 둔 강낭콩이 물꼬를 텄다.
생채기가 연둣빛 살로 차오르듯
짙푸른 몸 안에선 잎새의 발길질
밤이 새도록 속살거린 강낭콩 탈출 시나리오.

잎새가 한껏 고개를 끌어 올린다.
배꼽 언저리에 솜털이 부대끼더니
얼굴이 배꼽 위로 나와 버렸다.
배꼽에 빗방울 하나 둘 떨어지면
점점 울려오는 연초록 함성,
내일 도시락 위에 송송 얹힐 운명이기에.

"강낭콩에 잎 나와서 못 먹겠데이."
엄마의 뭉툭한 손가락에 집힌
두려움에 새파랗게 질린 얼굴이
깊은 쓰레기 구덩이에 빠져 허우적댄다.

강낭콩은 이런 결과를 알고 있었다.
'먹힐 순 없다'는 생각 때문에

조그만 잎맥 사이로 도전을 담았던 거다!

강낭콩이 묻는다.
"네가 품고 있는 잎새는 무슨 색이니?"

✦ 돋보이는 언어 선택

시인의 톡톡 튀는 발상에서부터 시인만이 살려 내는 참신한 언어
들까지 매우 돋보입니다. "잎새의 발길질"과 같은 표현에서 시인 특
유의 언어 감각이 엿보입니다. 자기만의 언어를 찾아내는 힘이야
말로 가장 강력한 창작의 힘이라 할 수 있지요.
넷째 연에서, 쓸모없이 버려지는 강낭콩의 대반전! 조그만 잎맥 사
이로 온몸을 던지는 콩의 저돌적이고 당찬 모습에선 전율마저 느
껴집니다.
그런데 마지막 연은 오히려 사족 같군요. 셋째, 넷째 연에서 시인의
의도를 충분히 전달하고 마감하는 것이 지속적인 긴장감을 줄 수
있겠지요.

받은 편지함을 열고

고1 이용한

아이디 ac970809
비밀번호 ******
엔터, 로그인.

받은 편지함에 읽지 않은 메시지 7개가 있습니다.

"살아 있다면 리플!"
메일은 지구 맞은편에서 날아왔네.

다섯 줄짜리 안부에
스크롤을 내리고
또 올리고,

굴림체 9pt 네모진 선을 따라
먹물을 떨어뜨린 듯,
낯익은 미소가
모니터 위에 얼룩져 가네.

2002. ××. ××.
일요일 늦은 아침은
시리얼 한 그릇,
반가운 너와 함께.

✚ 체험과 밀착된 신선한 발상

시인의 체험이 고스란히 녹아든 한 행 한 행이 긴장감을 만들어 주
고 있습니다. 생활 속에 얼마나 섬세하게 파고드느냐에 따라 시의
소재가 무궁무진할 것 같군요. 이 시가 특히 강렬하게 와 닿는 이유
는 가장 익숙한 순간을 놓치지 않고 포착한 때문일 거예요. 메일 보
관함 속에, 키보드와 스크롤 바 속에 너와 나의 어제와 오늘 삶의
이야기들이 쌓여 갑니다.

지극히 일상적인 일 속에서 의미를 캐내는 눈, 스쳐 지나가는 순간
에도 의미 있게 말걸기를 할 줄 아는 것에서부터 시 창작은 출발하
지요. 바로 지금 이 순간 내가 머물고 있는 그곳, 나와 함께 하고 있
는 너를 향한 진실하고 진지한 속삭임이 우리들 시의 숲을 울창하
게 만들어 줄 겁니다.

닭죽

고3 황동익

닭이 끓고 있다.
뜨거운 용기 속에서
닭은 허연 나신으로
땀 흘리고 있다.

목 없는 닭은 비명도 지르지 못하고
떠오르는 태양 한 번 보지도 못하고
단지 뜨거운 땀 흘리며
죽는다.

한때 아침의 영광을 가장 먼저 누리기도 했고
또한 아침을 길게 울어 찢어 놓기도 했다.
그러나 단두대에 매달린 닭은
떨어지는 자기 목도 못 보고
피를 흘렸다.

닭의 영광은 저 멀리 사라지고
흘릴 눈물이 없어
온몸으로 우는

슬픈 닭은
끓는 죽에서
허연 비명을 지르고 있다.

✚ 일상에서의 '새로운 발견'

생활 속에서 우러나온 참신한 시적 발상입니다. 뜨거운 용기 속에
서 펄펄 끓고 있는 닭의 모습에서 시간을 거꾸로 돌려, 닭의 죽음을
찾아내고, 다시 아침의 영광을 누리던 화려한 순간까지 그려 봅니
다. 그래서일까요. 끓고 있는 닭의 모습, 닭의 죽음, 닭의 삶이 팽팽
한 긴장감을 만들어 주는걸요. 한 순간만 읽어 낸다면 참 재미없는
일이겠지요. 지나온 시간과 현재를 연결시킬 줄 아는 성찰의 눈에
서 시인의 시 창작 힘이 엿보입니다.
일상의 사물에 좀 더 가까이 다가가 섬세하게 들여다본다면 시 창
작의 즐거움을 한껏 맛볼 수 있을 겁니다.

시계 앞에서

고3 김휘근

시계 앞에서 물어보았다
좀 쉬어 갈 수 없느냐
바빠 죽겠는데 잠시만
좀 어떻게 안 되겠냐

뚜벅뚜벅
멀어지는 발소리처럼
나도, 뚜벅
너처럼, 뚜벅
바쁘다, 뚜벅

시험이 내일모레인데
시계 약은 닳지를 않아 뚜벅뚜벅
불어도 불어도 바닥나지 않는
바람처럼
매질처럼

다시 책상에 앉아
초침처럼 시선을 책장에 던지며

나도, 팔락
그렇게, 팔락
살아야지, 파라락

어쩌겠는가
시험이 내일모레인데
멈추지 않는 시계
지치지 않는 매질 앞에서

✦ 뚜벅뚜벅과 팔락팔락이 만났을 때

시계라는 소재가 우리에게 주는 느낌은 비슷할 테지요. 반복되는
일상, 지치지 않고 계속 움직이는 초침과 분침. 시계는 이런 속성
때문에 일상의 주인공이 되지 못하는 이들에게 달갑지 않은 대상
일 수밖에 없습니다. 이 시에서 시계는 어떤 모습으로 나타나고 있
나요? 시인은 시계라는 대상에서 무엇을 발견해 내었을까요?
뚜벅뚜벅 걸어가는 시계의 소리와 팔락팔락 넘겨지는 책장의 대결
이 매우 흥미롭습니다. '뚜벅뚜벅, 팔락팔락' 소리가 나는 곳은 어
떤 곳이었을까요? 도서실이었나요? 시인은 흘러가는 시간을 붙들
수는 없고, 그래서 초조한 마음으로 잠시 펜을 들었나 봅니다. 평범
한 일상의 소재를 가지고도 접근하는 방법이 새롭고 표현도 살아
있습니다.

무한대! 기가바이트

고2 오가영

마음속 깊은 곳-숨긴 파일 1323개
바꿀 수 없는 기억-읽기 전용 파일 3486개

아직 풀리지 않은 숙제-확장자 .zip 21322개
내 마음 어디에도 연결 프로그램이 없는-확장자 .lbx
3521개

영원히 복구 불가능-깨진 파일 4262개

그래도
여유 공간-무한대! 기가바이트

✚ 가을 창공을 찌르는 발상!

시인의 마음속에는 참으로 많은 그림들이 숨어 있는 것 같습니다. 드러내기보다는 감추고 채 다하지 못한 말들이 읽는 이의 발걸음을 멈칫거리게 합니다. 시인의 마음속에 감추어진, 거미집처럼 얽힌 수많은 파일이 한눈에 들어옵니다. 저는 복잡하고 답답한 그 속을 헤집고 다니다가 자유를 만나 행복해졌습니다. 무한대 기가바이트의 여유를 가진 가슴이라면, 어떤 비바람에도 끄떡없겠지요. 온갖 비바람 속에서도 더 단단하게 꽃대 세우는 들꽃 한 송이, 아무도 모르게 흘리고 있을 가슴 저린 눈물 한 방울에 조용히 눈 맞춤하고 있습니다. 눈앞의 현실이 나를 힘들게 하더라도 더 힘찬 반동으로 더 자유롭고 희망차게 전진하길…….

명성약국

고3 이동명

3월, 그것의 아침은 늘 새로운 것과의 만남이었다.
그래서 어머니들은 자식들의 연필을, 공책을,
그리고 명성약국에 들러
사교의 알약을 구입한다.

알약은 늘 하루에 한 번이다.
알약의 색깔은 가지가지다.
알약의 크기도 마찬가지다.

　그 사람에겐 31%의 사랑과 11%의 거리감을 유지하는
것이
　건강한 사교 관계를 유지하는 길이라 일러 주는
　따뜻한 손의 약사 아저씨.

　아저씨와 나는 성인과 아동.
　표준 사랑 용량은 83%라고 쓰여 있다.
　그리고 8.9%는 존경, 소량의 오감이 나머지를 차지한
다고
　기재된 약국방(方)이 정갈하게 문 앞을 지킨다.

옆에서 울고 있는 홀로 산다는 국밥집 할머니.

용량을 지키지 않고 사랑의 알약을 두 알이나 섭취한
덕택에

증오의 약병 하나를 덜렁덜렁 들고 문밖으로 나서고
있다.

✦ 독특한 발상을 곱씹어 탄탄해진 작품

시 제목에서부터 접근하는 방법까지 시 속에 세상 풍경이 모두 살
아 꿈틀거리는군요.

삶의 처방을 내주는 명성약국! 과연 명성을 얻을 만한걸요. 시적
발상도 독특하지만 독특한 발상에 머무르지 않고 늘 자신의 삶을
곱씹어 생각하는 진지한 태도가 인상적입니다. 시인 특유의 방식
으로 세상과 새롭게 만나는 즐거움, 열아홉 살의 삶에 대한 사색과
성찰의 힘을 보고 있노라니 저도 행복해지네요.

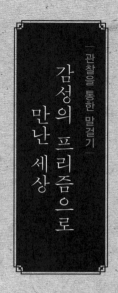

감성의 프리즘으로 만난 세상

그를 품으려면 그의 곁으로 다가가세요. 거리를 두고 그를 품기란 참으로 힘겨운 일.

다가가면 감추어진 그의 모습이 하나 둘 살아난답니다..

비로소 그가 나의 눈에서 새롭게 생명을 얻고 태어나는 것이지요.

그를 알기 위해선 나의 감성의 프리즘으로 할 수 있는 한

삼세하고 세밀하게 모습 하나하나를 발견해야 하지요.

애틋하게 품고 다가갈수록 그는 새롭게 태어나지요.

여러 번 곱씹을수록 그의 존재는 달라질 거예요.

그 장면을 생생하게 스케치할 수 있다면 그보다 좋은 일이 어디 있겠어요.

시험 보기 5시간 전

고2 이민영

별들이 휘청휘청,
비에 젖은 달이
떨고 있다.

가로수는 끔벅끔벅,
외로운 도둑고양이는
하이얀 횡단보도를 건너간다.

자꾸만 작아지던 세상이
가로수 잎끝에서 떨어진 물방울 소리에
화들짝 깬다.

✚ 달, 도둑고양이, 빗물 든 잎새, 그리고 '나'

시험을 앞둔 시인의 마음이 생생하게 전달되고 있군요. 군더더기
가 없는 작품입니다.
비에 젖은 달, 막 스쳐 지나가는 도둑고양이, 잎새에 머물고 있는
빗방울, 그 소리를 듣고 놀라는 시인의 모습까지…… 잘 짜여진 그
림입니다. 배치된 몇 개의 시어들이 제 몫을 톡톡히 해내고 있군요.
시인의 세밀한 관찰이 돋보입니다.

동자승

초6 김지연

엄마 따라 절 가다가
만난 동자승
햇빛에 빛나는 머리와
소박한 복장
콩콩콩 걸어가는 걸음걸이
옛날 그 소박함을 알리는 듯한 생김새

대웅전 들어가서
절 올리는 동자승
그러다가 배고파서
절 밥 축내기
큰 스님 따라가는 뒷모습
어린아이 생각케 하는 귀여움

아침이면 일어난다
5시 종 동자승
눈꺼풀은 무겁고
눈곱은 껴 있다
냇가서 세수하다 조는 모습

꼭 넘어질 듯 아슬아슬한 모습

구불구불 오솔길을
동자승은 잘 안다
매일 다니는 길
여기로 가면 약수터
요기는 냇가
저기는 절

그 많은 스님들을
동자승은 잘 안다
매일 보는 얼굴들
저분은 큰 스님
이분은 얼마 전 들어오신 작은 스님
여기는 내 또래 동자승

엄마 따라 절 가다가
동자승을 다 알았다
콩콩콩, 졸졸졸, 오솔길
동자승들은 내 또래 나이에
나보다 먼저 세상을 보았다
똑똑한 동자승

✦ 톡톡 튀는 발견

엄마와 함께 찾아간 산사에서 만난 동자승이 시의 밑그림을 이루고 있군요. 재미있네요. 초등학생인 시인의 타고난 감각을 보고 있노라니 절로 웃음이 납니다.

이 시는 동시의 세계를 넘어선 작품입니다. 시인의 발걸음이 머물 때마다 이번에는 무엇을 보았을까 궁금해지는걸요. 인상적인 풍경을 관찰하고 그려 내는 힘이야말로 시 창작의 첫걸음일 겁니다. 그러나 거기에서 한 발짝 더 다가가서 동자승의 눈과 마음을 들여다볼 수 있으면 더욱 반가운 일이지요. 동자승이 머무르고 있는 산사는 또 어떤 우주일까요? 동자승에겐 산사가 곧 집이니 말이지요.

트림

고3 윤희강

우리 집 보일러실에는
뱀 한 마리 살아요
오늘같이
볕 뜨겁고 땅 마른 날
그놈,
똬리를 풀어
주둥이로 수도꼭지를
불 지져 물면
그만,
꼬랑지로 물을 쏟아요
그럼 나는,
엄지손가락으로
꼬랑지 살짝 움키고
고추밭 저기까지
물을 주지요
이제,
그놈도 많이 늙었는지
주둥이를 자주 놓아 버려요
그럼 그땐,

다시 똬리를 말아
보일러실로 가는데
한 번은,
헌 주둥이로
채 쏟지 못한 물
고개 끄덕이며
걱걱 쏟아 냈어요
그리곤,
길게 한 번
트림하는 것이 아니겠어요
그놈,
우리 집 들이고
준 거라고는 물뿐인데
거까지 쏟으며
배부르다네요
아버지 때부터
세 없이 얹혀사는 게
일도 못 해서
미안해서
그랬나 보네요
미안하게

✤ 어떻게 품느냐에 따라 달라지는 향기

보일러실에 살고 있는 뱀(?)에 대한 시인의 각별한 애정 표현이 참
재미있군요. 대상을 시적으로 품는 가슴이 날로 풍부해져 가는걸요.
시를 쓴다는 것은 대상을 품고 그것에 의미를 부여하고 표현해 내는
것입니다. 그 모든 세계를 이해하는 시작은 철저하게 '나'로부터 출
발하는 것이지요. 고추밭에 물을 댈 때 헌 주둥이에서 나오는 트림
은 낡아서가 아니라, 세 한 푼 안 내고 물로 배를 채워 온 것에 대한
미안함 때문에 토해 낸 것이라는 대목을 보면서 저는 웃음 지었답니
다. 이처럼 어떻게 대상을 품느냐에 따라 그 향기가 달라질 거예요.
따뜻한 가슴으로 '너'를 만나는 시인의 발걸음이 향기롭습니다.

관찰 일기

고3 이민영

1

한 달 전

날이 제법 더워지면서 작년에 왔던 벌레들 죽지도 않고 다시 돌아옴. 크기는 잘 깎아 놓은 연필심보다 조금 작은 정도. 어린 풀잎 색을 띰. 날개가 배 안에 감춰져 육안으로 확인하기 힘듦. 다리는 몸 길이의 두 배 정도 됨.

2

한 달 전

작년 소수 정예반에 속해 있던 그, 거대 수용소에 옮겨진 것을 보아 학업성적이 상당히 떨어진 듯. 외양상 변한 모습은 거의 찾아볼 수 없음. 늘어난 턱살은 확인 가능하나 아직 옷이 두꺼워 숨겨진 뱃살은 추론만 가능. 가끔 동지들의 위치를 확인하고는 저리 가라는 듯 손을 내저으며 내쫓는 연약한 태도를 보임.

3주 전

드디어 얇은 반팔 티를 입고 등장함. 뱃살이 신경 쓰이는지 쉬는 시간 틈틈이 옷매무새를 고침. 한 동지를 관찰하다 볼펜 똥을 묻혀 다리와 날개가 붙는 어이없는 사

고를 냄. 장애를 갖게 된 동무를 보고 잠시 추모하는
척 학업을 등한시하다가 양심에 찔렸는지 음지에 고이
묻어 줌.

2주 전

이제는 신체 노출에 과감해진 듯. 바지를 걷어 조선무
같은 종아리를 드러내는 데에도 아무런 거리낌이 없
음. 아직 직접 손을 사용하지는 않으나 눈에 보이는 대
로 볼펜 끝을 교묘히 이용하여 동지들을 살해함. 중간
중간 삽을 대신하는 듯한 도형자를 사용하여 사체가
된 동지들을 구석으로 밀어냄. 허나 치우지는 않아 한
귀퉁이에 사체가 쌓여 있음.

1주 전

손으로 동지들을 고문하는 데 익숙해짐. 강약을 조절
하여 사형과 태형을 결정함. 게으름이 극에 달해 책상
위에 널려 있는 사체들을 그대로 내버려 둠. 조는 시간
이 배로 늘어 학업량이 상당히 줄어들었을 것이라고
추정됨. 깨어 있는 동안에는 주로 고물 선풍기를 원망
하는 데 시간을 보냄.

3

2003년 6월 19일 목요일, 하늘이 구질구질함.

얼마 전 중심을 잃고 물가에 나온 물고기처럼 꼬리를
퍼덕이는 벌레 한 마리를 눈물을 글썽이며 보여 주던

민영이가, 이제 수많은 벌레들의 침공에 대적하는 데 한나절을 보내고 있다. 각기 다른 특성을 지닌 종류의 벌레들을 확인시켜 주며 그들을 관찰하는 데 상당히 흥미를 가지고 있는 듯하다. 조금 전 '관찰 일기'라고 이름 붙인 글을 내게 들키자 잠깐 쑥스러워하다가 새로운 종의 벌레를 발견하자 그에게 집중한 듯 다시 내게 무관심해졌다.

✚ 탄탄한 글쓰기 감각, 자신의 삶에 진지한 말걸기

한 문장 한 문장에서 탄탄한 글쓰기 감각이 유감없이 묻어나는군요. 웬 관찰 일기일까 궁금해하면서 시작한 발걸음이 행을 더할수록 점점 깊이 빠져들었답니다. 시인이 들려주는 '벌레'의 삶 이야기가 눈물겹군요. 치열한 경쟁 논리 속에 너와 나의 삶이 서 있습니다. 그래서 한없이 작아지고 초라해지는 너와 나이기도 하지요. 한 마리의 벌레처럼. 그러나 너와 나를 좀 더 가만히 들여다보면, 고통을 참아 내고, 꿈을 꾸고, 고뇌하고, 사색하는 고차원적인 벌레. 그래서 너와 나의 삶이 위대한 것이지요. 길을 걷다가 너무 힘들면 나를 묵묵히 따라오는 내 인생에게 말을 걸어 볼 일입니다. '자꾸 움츠리지 말라고, 내 안에 갇히지 말라고, 더 많이 사랑하라고, 늘 따뜻한 마음을 품으라고, 뜨거움을 절대 놓치지 말라고…….' 나와의 멋진 동행을 꿈꾸는 오늘이었으면…….

땅콩

고3 황동익

껍질을 벗는다.
땅콩이 껍질을 벗고
그 속을 내비친다.

커피 빛 코트를
벗고
순백색의 알몸을 드러낸다.

나는 땅콩을 받아들였다.
순백색의 알몸을 입속에 넣고
신경을 오직 혀에만 집중하여
땅콩만을 받아들였다.

그러나 땅바닥에 주저앉은
커피 빛 코트는
땅을 긁으며 울고 있었다.
부서진 육체를 부여잡으며.

✤ 감추어져서 아름다운 시

너의 존재를 느끼기 위해서는 너와 나를 구분하는 생각의 벽을 뛰어넘어야 할 거예요. 내가 네가 되어 보지 않고서는 너는 언제까지나 단지 너일 뿐이니까요. '내가 만일 땅콩이라면' 하는 사고의 전환이 대상을 다르게 만나는 힘이 되었겠지요.

그저 일상의 눈으로만 바라본다면, 어떤 가치를 발견할 수 있을까요? 사물을 관찰하고, 의미를 끌어내는 시인의 태도가 진지합니다.

어머니의 물 끓이는 법

고2 김휘근

우리 집에는 극성스런 어머니 계셔서
행여나 오시면 온갖 물맛
다 볼 수 있지요

못난 자식 놈 피곤타 하니
보리차에 옥수수까지 섞어 끓이고
시력이 점점 나빠지니까
결명자 오미자 구해 놓더니
머리 맑게 한다는 소식 또 어디서 들었는지
감잎까지 따다 말려 끓이시는데요

고 좋은 것을 나만 마실쏘냐
이따금씩 신문배달부 자전거 세워
아까운 줄 모리고 퍼다 주시지요

아, 그런디
사흘 전부터 두부 사는 것 깜박하시더니
신문 읽어도 더듬더듬
오늘은 몸살꺼정 나 삐릿으니

우리 집 물은 어떡할까요

못난 자식 놈 그래도 곁에서 배운 것은 있어서
펄펄 끓는 물에
옥수수 보리 결명자 오미자 감잎까지
다 털어 넣었구만요

이게 우리 어머니 물 끓이는 법이지요
세상이 어지러워 머리까지 희멀건해지면
행여나 지나는 길 언제든지 들러 보소
온갖 사랑 맛
다 드릴 테요

✚ 어머니의 사랑법! 저도 한 모금……

어머니와 대화를 나누는 모습이 눈앞에 보이는 듯합니다. 시를 읽
는 이의 마음까지 한없이 푸근해져 옵니다. 사랑을 베푸시는 어머
니와 그 사랑을 보고 느낄 줄 아는 시인의 모습이 참 정겹고 행복
해 보이는군요. 여러 가지 물맛을 내는 어머니의 마술 같은 마음이
야말로 자식에 대한 소박한 사랑일 테지요. 지나가는 길에 저도 사
랑 맛 나는 그 물을 한 모금 마실 수 있는 행운을 주시길…….

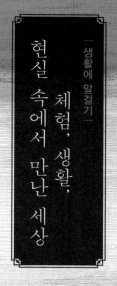

둘러보아도 아무도 없고 세상에 나 혼자뿐.

그래서 앞이 보이지 않을 때에도 시는, 늘 곁에 있습니다.

그 아픔의 끝, 고백의 끝자락마다 더 그윽하고 깊어져서 자신의 슬픔을 덜어내고

다른 이의 눈물까지도 어루만지는 아름다운 꽃 한 송이로 피어날 거예요.

체험은 가장 소박하고 진실한 언어. 그 곁을 지나노라면 누군가의 힘찬 발자국이 보이지요.

나를 단단하게 하고 너를 여물게 하는 힘.

체험에서 싹을 틔우고 체험에서 뿌리내리고 열매 맺는 시의 꽃은

늘 그 향기가 깊고 그윽합니다.

아버지가 흔들립니다

고3 박지훈

아버지는 열 시가 되면 학교에 오십니다.
우리 차는 아니지만 회사 1톤 트럭
처음에는 부끄럽고 창피했는데
교통 어중간하고 밤길 험하다며
말하지 않아도 도착해 있습니다.

오늘은 열 시가 되어도
트럭이 없습니다.

휴대폰으로 연락했더니
아버지는 교문 옆에서
떨리는 손을 흔들어 보입니다.

아버지가 술을 한잔했습니다.
오직 자식 둘만 바라보는 아버지가
독한 술을 한잔했습니다.

누구와 마셨나 했더니
"마음이 괴로워 혼자 못다."

아버지 눈은
구슬피 달빛을 흘립니다.

술에 취했는지 괴로움에 취했는지
팔짱 끼고 있는 아버지가
나를 잡고 흔들립니다.

✦ 아버지와 아들의 아름다운 향기

시인이 지나간 발자국을 조용히 따라가다가 저도 모르게 눈시울을
붉혔습니다. 늘 교문 앞에 트럭을 세워 놓고 기다리시는 아버지가
오늘은 맨몸으로 기다리고 계십니다. 술에 취한 아버지도, 아버지
를 부축하고 있는 시인의 눈에도 눈물이 흐르는 모습을 봅니다. 그
래도 흔들리는 아버지가 외롭지 않으신 것은 아버지를 위해 내어
드릴 수 있는 시인의 따뜻한 가슴이 있기 때문이겠지요. 아버지와
시인이 만들어 가는 삶의 향기가 눈물겹습니다.

만 원 한 장

고1 박세희

성탄절이라며
엄마가 놓고 간 만 원 한 장
늦잠 후에야 비로소 본다
누이는 지오디라는 녀석들
TV에 나온 것마다 다시 봐야 한다며
녹화 테이프를 사러 비디오 가게에
100미터 선수처럼 뛰어가고
아무도 없는 집 안에서
나는 만 원 지폐 한 장 본다

이 구겨진 만 원 한 장
잠든 머리맡에 사알짝 놓아 두고
휴일에도 일 나갔을 엄마의 미안한 손
그 눈

나는 잠시 만 원짜리 하나
주머니에 넣다가
아니다, 아니다
고개를 몇 번이고 저은 후

아무도 없는 집 안에서
구석구석 두리번거리다
장롱 속 엄마의 낡은 지갑 안에
처음처럼 넣어 놓았다

✚ 만 원 한 장의 눈물

곁에서 어머니의 힘겨운 삶을 덜어 드리려는 시인의 마음이 시 곳
곳에 배어 있는 것을 봅니다. 만 원짜리 지폐를 들고 한참을 망설였
을 모습이 눈앞에 선하군요. '진실한 고백'을 만나면서 저는 시인이
앞으로 걸어야 할 길에 대해 생각해 봅니다. '진실'은 아름답지만
간직하기는 쉽지 않지요. 늘 품고 있지 않으면 훌쩍 날아가 버리는
무서운 새 같다고 할까요. 진실이 떠나 버린 뒤 둥지엔 아무것도 없
습니다. 이 시를 보면서 시인이 찾고 만나는 세상 풍경은 비록 작지
만 참 귀한 알맹이라는 생각을 합니다. 시를 통해 너의 모습을 찾고
나의 모습을 찾을 수 있다면 우리들의 시 쓰기는 또 얼마나 행복한
산책일까요.

모녀전후가 ^{母女戰後歌}

고2 이선민

이런 말이 있소
"사랑하는 사람들은 서로의 모습을 닮는다."

사람들이 그럽디다
나는
당신의 눈매를
당신의 콧날을
당신의 입꼬리를 닮았다구요.

어매는
내 존재의 근원이고
내가 숨쉬는 이유이며
이유 없이 사랑하는 유일함이대요.

당신이 나를 품은 열 달
그 소중한 열 달을
이 못난이가 자꾸만 자꾸만
잊어 감에 눈물이 납니다.

나를 위해 힘든 그대와
나 때문에 힘든 그대는
변함없는 강산.

산불로 흔적을 감추는 산이 없어
그대 마음에 불씨를 심어 보고
홍수로 흔적을 감추는 강이 없어
큰 비도 뿌려 보고

무모한 믿음을 가지고
나는
어느 사이에
그대의 마음을 찢고 헤집어 놓았나 봅니다.

말보다 행동보다 마음이 좋다는
그대는
심해(深海)의 불가사리
하늘의 별이지만

사람들이 그럽디다
나는
당신의 눈매를
당신의 콧날을

당신의 입꼬리를 닮았다구요.

언젠가는 내가 그대를
그대 또한 나를
이해와 사랑으로 감싸 안을 날이 있겠지요.

✦ 엄마가 품은 꽃씨가 피워 낸 한 송이 꽃

엄마와 전쟁(?)을 치르고 난 뒤 마음 한 켠에 매달린 고백이었을까
요? 애틋한 딸의 마음을 읽는 내내 마음 가득 사랑의 꽃물이 들었
답니다. 엄마와 딸의 인연은 많고 많은 인연 가운데 참으로 귀한 선
물입니다. 그럼에도 몸이 자라면서 마음의 줄기는 멋대로 뻗어나
가 때때로 매서운 바람이 되어 아프게 하고 춥게 하기도 하지요.
너무나 닮아서 외로워지는 마음보다 너무나 닮아서 절로 미소 지
어지는 마음을, 너무나 닮아서 모닥불처럼 훈훈해지는 마음을 나
누었으면……. 세상 그 누구보다 따뜻하게 손잡아 드려야 하는 분
이기에…….

김치 될까

고3 이민영

나는 배추다
허리통이 굵었던 나는
삼 년 전 소금물에 빠지고 말았다
삼투압이라고 불리는 그 자연스럽다는
과학 현상으로 인하여
나는 오랜 시간 역겹도록
소금물을 꾸역꾸역 먹어야 했다

나는 안다
얼마 후면 뭉뚝한 손이 나를 들고
도살장에 선택되어 갈 돼지를 검사하듯
이리저리 내 속을 헤집어 관찰할 것임을
그의 한마디에
내 희끄무레해진 잎사귀와
온몸 곳곳에 찌든 소금 내의
정확한 수량적 가치가 계산될 것임을

나는 김치다
소금물에 발을 헛디딘 모든 배추는

김치가 되어야만 한다고 배웠던
어린 날의 가르침은 조금도 성장하지 못하고
정해진 길대로 김치가 되어 보기 위하여
빨간 색연필을 손에 쥐어 본다

✦ 입시에 찌든 소금 배추들, 생기와 푸르름을 되찾기를

너무 오래도록 절여져서 생기라곤 찾아볼 수 없는 이 땅의 시든 배추들. 예전의 뜨거운 볕 아래에서 한 잎 한 잎 왕성한 광합성을 하며 품었을 생기와 푸른 에너지는 온데간데없고…….

그래서일까요. 온몸 곳곳에 들어찬 소금기의 수량을 생각하는 시인의 고백을 들으니 제 마음도 아프군요. 그러나 발목까지 파고든 소금기일랑 남김없이 씻어 버리고, 싱그러운 풀 내음으로 발목까지 흙 내음 날리며 걸어갈 그날을 떠올려 봅니다. 행복한 날들을 위하여 파이팅!

상처

고3 박지훈

엄마가 미안하다
이제 같이 살자
용서할 수 있지?
엄마는 나를 꼬옥 안으며
내 볼에다가 한 방울의 눈물
떨구었습니다.
울지 마 내가 닦아 줄게
이제 다시는 가지 마
우리 정말 같이 살아
그래 그래
내가 널 두고 어딜 가겠니?
자 이제 자자
엄마는 큰방에서
아빠랑 잘게
응 엄마 잘 자 좋은 꿈 꿔

아침이 밝아 벌떡 일어나
엄마 보러 큰방에 갔습니다.
엄마는 없고

아빠만 쿨쿨 잠을 잡니다.
아쉬워
내 방에 돌아와
눈을 감지만
꿈속의 아침
밝아 오지 않습니다.

✦ 삶의 아픈 기억을 딛고 일어서 아름다운 한 송이 꽃으로 피어나길

그동안 박지훈 시인이 보내 준 시에 고인 눈물을 보면서 자기 세계에만 머물고 있는 것 같아 안타까울 때가 있었지요. 그래서 세상 밖 다른 이들의 눈물도 읽어 보라고 말했던 적이 있습니다. 그러나 오늘 문득 시인의 시들이 그 이상의 의미를 가질 수도 있겠다는 생각을 해 봅니다. 내 안의 아픔을 고백해서 얻어지는 치유가 진정으로 시가 주는 선물일 거예요. 시인에게는 시 속의 발자국들이 단순히 아픔이 아니라, 자신을 성장시키는 큰 몸짓일 것입니다. 그 아픔의 끝, 고백의 끝자락마다 묻어나는 시인의 향기가 더욱 그윽해져서, 보는 이의 가슴속 눈물을 어루만져 주는 아름다운 한 송이 꽃이 되기를…….

병풍 뒤에서

고1 박세희

잠시 어른들이 모두 자리를 비운 안방
나는 아무도 모르게 발길을 옮겨
안방 문을 열었다.
뿌연 방 안에는
짙은 향 내음과
그대로 눈이 시린 푸른 병풍
열두 살 나는
사방을 구석구석 둘러본 후
하룻내 놀란 눈을 더욱 크게 뜨고는
병풍 뒤로 사알금 발걸음을 옮겼다.
병풍 뒤에는
머리를 곱게 빗어 넘긴 단정한 아버지가
고요히 눈을 감고 편안하게 주무시고 계셨다.
입에는 무언가 하얀 것을 붙이고 계셨는데
쿵쾅거리는 앰뷸런스를 타고
비포장도로 산골짝 구장리까지
엄마의 섧은 울음소리를 들으며
동행한 의사가 병균이 샐지도 모른다고
부어터진 입을 봉하는 것을 보았다.

열두 살 나는
그토록 편안히 주무시는 아버지의 모습을
아버지가 존재하는 내 기억 속에서
한 번도 본 적이 없었다.
절규 어린 기침 소리도
피 섞인 누런 가래도
어떠한 고통도 그 무엇도 없는
안정된 모습
나는 푸른빛을 띠는 아버지의 주름진 이마에
하얀 손을 가만히 갖다 댔다.
아, 새벽 겨울바람보다
더욱 손이 시렸던 아버지의 이마
싸늘히 감은 눈 위로 말끔히 빗겨진 머리를 한
그 모습이, 사람들이 일컫는
시체(屍體)라는 무서운 단어인 것도 모른 채
열두 살 나는 병풍 뒤에서
이제 막 숨을 거둔 아버지의 흐린 머릿결을
오랫동안
오랫동안 빗어 넘기고 있었다.

✦ 열두 살, 죽음을 만난 그때

이 시를 통해 어린아이의 눈에 비친 아버지의 죽음을 만나면서, 시적 진실이란 무엇일까를 다시 생각해 보게 되었습니다. 어린아이의 눈에 비친 아버지의 죽음, 그 죽음을 돌아보고 고백할 수 있는 진실한 용기…….

기억은 시간의 흐름과 함께 무뎌지는 건 아닌가 봅니다. 긴 시간이 흘렀는데도 이토록 생생하게 시인의 가슴속에 그때의 기억이 남아 있으니 말이지요. 사람의 체험이라는 것이 얼마나 무서운 힘을 갖고 있는가를 다시 한 번 생각하게 합니다. 더불어 체험이 녹아든 한 편의 시가 주는 감동에 대해서도 생각하게 합니다. 시인의 진실하고 소박한 내면이 엿보이는 이 시는 잔잔한 감동을 주는군요.

무밭에서

고3 윤희강

여기, 바짓가랑이 걷어붙이고
새벽보다 먼저 밭으로 와
하룻내 물릴 젖을 길어 올리는
이 땅의 아낙들이 있다
밤새 잃어버린 뼈마디들을
더듬고 있는 흙 속에
퉁퉁 부은 발들을 묻고 있다
서리 맞아 허연 머리칼은
다 드러난 아랫도리를
포대기 가리듯 감추고 있다
감자알 같은 새끼들을 기르는
곰바지런한 아낙들은 벌써
터진 허벅다리까지 묻었고
밭두둑가 몸 사리고 앉은
아직 덜 여문 새댁네들
알 밴 종아리 풋내가 끼친다
발끝 젖줄에 가 닿으면
젖물에 푸른 멍이 섞여
아랫도리가 새벽 하늘처럼 푸르다

110

여기, 바짓가랑이 걷어붙이고
아랫목 엉켜 잠든 새끼들
하룻내 물릴 젖을 길어 올리는
이 땅의 아낙들이 있다

✦ 무밭이 살아 온다

하얀 속살을 드러내는 무들을 보면서 아낙들의 힘찬 땀방울을 읽
어 낸 시인의 언어의 힘과 통찰의 힘이 매우 돋보입니다. 시를 따라
가다가 저도 모르게 무밭 한복판까지 들어가 앉아 버렸답니다. 살
아 있는 언어들이 일구어 낸 아름다운 결실이로군요.
무밭의 모습을 이렇게 생생하게 그려 낸 시인의 가능성을 다시 한
번 생각하게 합니다.

독도 귀하

고2 김광일

1

침묵에 물든 지난 겨울도 잘 보내셨는지요.
그동안 임에게 하지 못했던 말들을
온기 어린 이 가슴에 새겨 잘 말아
간직했었는데, 이젠 제가 펴 보려 해도
잘 펴지지 않네요. 진실된 목소리로
하루하루 그 말을 그려 봤어야 했는데……
퇴색되지 않게 말이죠. 순간순간
적어 놓은 무른 제 말들은 힘 없이
허공에 번집니다. 무기력한
제 말에 그대가 바람에
긁힐지라도 저는 말 없이
웃습니다. 다만,
그래도 당신은
우리네 소중한
한 켠이니까요.

2

우리 집을 누군가

지켜 주는 것이 아니다.

단순한 수고가 아니란다.

어려운 침묵 속에서 나는 외쳤습니다.

우리 집은 누구로부터 얻은 것이 아니다.

훔친 것도 아니란다. 어두운 침묵을 깨고

바람에게 외쳤습니다. 겨울 같은 날카로운 바람이

우리 집 작은 방을 침범할지라도,

곧은 우리 목소리에 바람조차 베는 날,

우리는 더없이 맑은 아침을 맞을 것입니다.

그대와 우리들 어깨 어깨마다 견고한 두 손을 올려놓고,

그대 음향, 풍경 모두

영원한 마음의 한 맥(脈)이 되길 바랍니다.

✦ 나만의 언어로 숨 쉬는 독도

시 속에 흐르는 언어들마다 시인의 섬세한 마음의 결이 느껴집니다. 이 시에서는 '독도'를 품는 시인의 각별한 관심과 애정이 그대로 전해지는군요. 시인의 애틋한 '독도 사랑'이 독도를 살아 있는 '너'로 살려 냈을 거예요. 시인의 눈과 가슴, 시인이 풀어놓은 독도의 바다, 그 속에 숨 쉬는 시의 언어들. 이 가을, 참 맑고 곱고 단단한 시인의 마음이 깃든 한 편의 시를 따라가다가, 문득 교무실 창을 넘나드는 가을바람과 만나고 있습니다.

울타리 _빨래 널기 2

고2 박지훈

세탁기 빨래
빙글빙글 돌고 돌아
내 팬티
동생 난닝구랑 섞이고
아버지 남방
엄마 바지랑 섞였다.

엉킨 옷을 풀고
하나씩 털어 널었다.
빨랫줄에 널린
부모님 옷은
차가운 겨울바람에도
얼지 않았다.

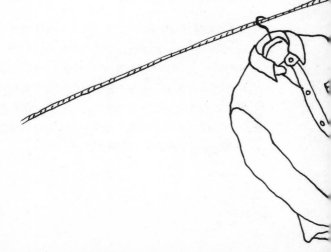

이제 겨울 지나고
세상 꽃은
아름답게 피는데
우리 가족 꽃은
모질게도 피었다.

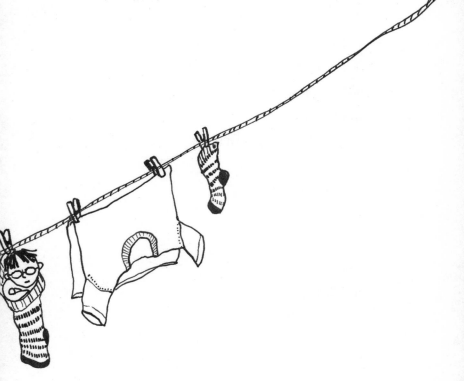

학교 마치고 돌아온 동생
세탁기에 옷 넣고
가루비누 풀어서
버튼을 눌렀다.

윙윙대는 기계 소리
섞어대는 물소리
마지막 한 방울도 짜려고
세탁기는 탈수하는데
아버지께서는
한 방울 짜내기도 힘드시다.

동생은 빨래를 널다 문득
여자 옷이 없어 이상하단다.

털어도 펴지지 않는 옷 주름
어지럽게 묻은 보푸라기가
내 마음을 힘들게 했다.

우리 가족 빨래
묵은 때는 지우지 못해도
세 사람 가지런히
따스한 햇살 받는다.

✚ 한 송이 꽃을 피우는 용기

가던 발걸음을 멈추고 들여다보면, 늘 시 속에 따뜻한 눈물과 따뜻
한 마음이 배어 있습니다. 오늘은 시인의 작지만 아름다운 고백을
들었습니다.

"세상 꽃은 아름답게 피는데 우리 가족 꽃은 모질게도 피었다."와
대조적으로 마지막 연에는 반갑게도 따뜻한 볕이 들고 있군요. 힘
들고 슬프지만 웃을 줄 아는 용기를 가진 시인입니다. 어떤 상황 속
에서도 꽃을 피우고, 꽃을 품고 살아가는 따뜻한 눈과 마음을 잃지
말기를……

조개

고1 윤경미

시커먼 갯바닥 위에
자꾸만 널름거리는 뽀얀 살이 있다.

엄마는 그걸 캐내려고
호미 한 자루를 들었다.

꽃무늬가 있는, 목까지 덮는 모자
빨간 목장갑
논에서 신는 끈 달린 누런 장화
끌기 좋게 그물 아래 대어 놓은 비료 부대가
멀리서도 엄마임을 짐작케 해 준다.

갈매기는 아는지 모르는지
부리로 제 뱃속 채우기에 여념이 없다.

흐리고 쌀쌀한 날씨여도
햇볕이 심하여 살을 그을려도
엄마는 쑤신 다리를 제대로 쉬는 법이 없다.

집에 와 보니

"조갯국 데워서 밥 먹어라."

노란 쪽지 하나만 덩그러니 놓여 있다.

✤ 밥상 위에 올라온 조개

엄마가 캐 오신 조개라! 저는 한 번도 상상해 보지 못한 일입니다.
저녁상에 올리기 위해 갯벌 속을 헤집고 흰 속살 드러내는 조개와
눈 맞춤하고 있는 엄마의 모습이 매우 인상적이군요. 시의 제목만
보고선 저는 단순히 바닷가 풍경 정도로만 상상했습니다. 갯벌에
서 엄마가 땀 흘려 캐낸 조개가 밥상에까지 올라올 줄이야…….
바닷가 갯마을 이야기를 듣는 것은 뭍의 생활에 익숙한 이들에게
는 너무나 신선하고 설레는 일입니다. 시를 읽으면서 즐거웠습니
다. 시인이 앞으로 한 올 한 올 풀어 낼 시 창작 이야기들이 매우 궁
금하고 기대되는군요.

땅콩 캐러멜

고3 이정미

늦은 밤,
코끝을 찌르는 알싸한 술 냄새를 풍기며
엄마는 소리도 없이 방문을 열었다.

생기 있던 처녀 시절처럼 발그레한 두 뺨을 하고
웃는 엄마의 주름진 얼굴,
마주치며 다가오는 충혈된 눈에
울컥해서 고개를 돌렸다.
"이년아! 엄마가 누구 때문에 사는데……"
잦아드는 엄마의 젖은 목소리에
차마 돌아보지 못했다.

스스륵―.
허리 아파 안 잔다는 내 침대 위에서
엄마는 그대로 잠이 들었다.

부시럭부시럭 ―.
단것은 입에도 안 댄다는
엄마의 거친 손엔

어릴 적 유난히 좋아했던
달달한 땅콩 캐러멜 다섯 개가
따스한 온기를 안고 뭉그러져 있었다.

✦ 엄마의 눈물을 이해하는 아름다운 마음

엄마와 딸이 함께 나누었을 그 밤의 풍경이 삽화처럼 그려져 있군
요. 엄마와 나눈 짤막한 대화 속에는 감추어진 이야기가 많군요. 잠
드신 엄마를 바라보는 시인의 시선에서 그 밤의 따뜻한 온기가 느
껴집니다.

나를 알아주는 단 한 사람만 있어도, 누구나 아름다운 삶의 주인공
이 될 수 있다고 합니다. "사랑한다"고 말하지 않았어도, 하루의 노
동을 마치고 잠드신 엄마의 얼굴을 물끄러미 바라보는 딸의 마음
이 곱게 드러나 있군요. 엄마는 가장 가까운 사람과 '눈물'을 나눌
수 있어서 그 밤이 행복하셨을 거예요. 따뜻한 손, 따뜻한 마음이
그리운 5월의 봄날입니다.

풀벌레의 기쁨

고3 신동재

오늘도 어김없이
나를 보고
힘차게 울어 댄다.

시리게 울었던
고통보다 더 한결 부드러웠다
이젠 물끄러미 하늘을 바라본다
또 다른 기쁨의 기다림이
힘차게 울며 다가온다.

얼마나 고생했을까……
풀벌레 형님의 휴가가 다가온다
점점 더 초조해진다.

짧은 시간
함께했던 시간보다
더 큰 혈육의 정을 느낀 2개월
그 날이 오면
꽉 끌어안고

힘차게 함성을 지르리라.

✦ 군대 간 형을 맞는 동생의 풋풋한 고백

군대에 간 형과의 재회로군요. 첫 휴가를 받고 설레는 형의 마음과, 형을 맞을 가족들의 훈훈한 마음이 눈앞에 그려집니다. 가족이 살아가는 힘의 원천이고 보면, 아주 작은 일상까지 함께했을 형제의 특별한 정이야말로 이루 다 표현할 수 없을 테지요. 하지만 우리 주변에는 작고 사소한 관계를 따뜻하게 품는 가슴을 잃어버린 이들이 얼마나 많은가요. 그래서 형을 맞는 동생의 따뜻한 시선이 더 정겹게 다가오는지도 모릅니다.

구체적인 체험 속에서 자신의 감정을 보다 섬세하게 들여다보고, 나와 너의 관계를 진지하게 들여다보는 일부터 우리들의 시 창작은 시작되어야 한다는 생각을 다시금 하게 합니다. 나를 들여다보는 일, 나와 관계 맺고 있는 사물과 사람들을 돌아보는 시선이야말로 삶의 힘이며 시의 힘이니까요.

비 오는 날

고3 김동환

아버지는 안방에 들어앉아
쓴 담배만 뻐끔뻐끔 피워 대고
마룻바닥에 주저앉은 어머니는
멍하니 창밖을 내다본다.
산도 나무도 누워 버린
우중충한 11월의 하늘.
터질 듯 부풀어 오른 잿빛 구름은
한 뼘의 햇살조차 용납하지 않고.
심술 난 누이에게 걷어차여
끙끙 앓는 늙은 누렁이의
걸걸 차오르는 숨소리.
목적지를 잃은 대출금 통장은
여기저기 을씨년스레 흩어져 있는데
꼬리를 물고 울어 대는
짜증 섞인 전화벨 소리가 싫다
코드를 뽑아 볼까 망설이는 나.
"중국산 마늘의 수입으로
국내 농가에 큰 타격이……"
평소에는 지직 대던 고물 TV가

오늘따라 잘났다고 조잘조잘.
앵커의 무미한 목소리 따라
하나 둘 쌓여만 가는
재떨이에 구겨진 담배꽁초.
그리고 창문에 어리는 탁한 슬픔.
하늘이 깨어졌다.
매운 빗방울이 마른 산천을 몰아친다.
마당에 던져진 흙 묻은 괭이는
얼굴을 씻을 수 있을까.
고개를 내밀어 먼 동녘을 바라본다.

✦ 무한한 가능성을 보여 준 수작

한 행 한 행에 시인의 고백이 섬세하고 충실하게 녹아들어 있습니다. 어느 행도 결코 가볍지 않은 언어로 시름에 젖은 사람들의 모습을 생생하게 전해 줍니다. 비 오는 날 시인 앞에 펼쳐졌을 모습들이 구체적으로 그려져 있군요. 특히 삶의 한복판에 선 부모님의 슬픔을 따라가는 시인의 깊은 마음이 그 감동을 더해 줍니다.

일상처럼 흐르는 하루를 무심코 흘려보낸다면 이 같은 시를 쓸 수 없었겠지요. 자신의 눈과 가슴으로 새롭게 하루를 만났기에 '비 오는 날' 속에 배인 눈물은 우리에게 더 깊은 울림으로 남습니다.

가뭄 _아지랑이

고3 하덕향

1

늦봄 말라 버린 도랑
엿가락처럼 쭉쭉 달라붙은 물고기
비린내 풍기고
논바닥은 갈라져 간다.
애타는 마음 회관에 모여들어
더운 속에 더운 소주 가득 받아
뜨거워진 신발 들로 향하고
비틀비틀 몸 흔들며 찾은 들판
허탈한 눈물만 떨구며
논두렁에 앉아
담배만 피워 댄다.

2

곳곳에 피어나는 아지랑이
사라지지 않고
흐느적흐느적 골 빈 놈처럼
실실 웃으며 돌아오는 길
할 일 없이 봄 햇살만 축내며

이리저리 바람 탄 봉지처럼
떠돈다.
평상에 누워 낮잠을 잔다.
물 한 모금 없이도
새파란 풀이 끈질기게 자라나
땅 위를 덮고 하늘을
덮는다.

✦ 쓰러지는 사람들, 그 곁에 진한 풀 향기

시인이 날마다 마주하는 현실을 시 속으로 끌어들인 시적 발견에
아낌없는 찬사를 보내고 싶군요. 시인의 삶 속에서 살아 움직이는
모든 것들이 정신의 뿌리, 사색의 뿌리, 시의 뿌리가 될 것을 믿기
때문이지요.

김수영의 시 〈풀〉의 이미지와 닮아 진부할 수도 있었지만, 삶의 의
욕을 잃어버린 사람들과 대조적으로 피어오르는 풀 향기가 진하게
풍겨 옵니다. 내 삶에서 너의 삶으로 눈과 마음을 열어 갈수록 시
또한 더욱 풍성해지고 울창해질 거예요.

고기 굽던 날

고3 이동명

새 옷 입고 누이와
고기 굽던 날.

검은 아궁이 앞에 쭈그려
마른 가지 꺾어 대며 고기 굽더라.

누이 전 부치러 갈 새면
고기 하나 뚝 떼어 먹고

누이는 다시 와서
고기 굽더라.

엄마 몰래 내 입에
고기 한 점 넣어 주고는

뿌연 연기 속 헤집으며
고기 굽더라.

✦ '초라한 오두막'도 사랑이 깃들면 '화려한 궁전'

시를 읽고 있자니 제 코에도 고기 굽는 냄새가 전해져 옵니다. 게다
가 남매의 정겨운 풍경이 마치 한 폭의 그림처럼 어우러져 참 아름
답습니다. 고기 굽던 날, 엄마 몰래 내 입에 고기 넣어 주던 누이의
손길, 그리고 그 사랑을 받아먹던 '나'는 참 행복했을 거예요. 간결
하면서도 생생한 밑그림 위에 사람 냄새가 물씬 나는 소박한 시입
니다.

깊은 사색을 통해
만난 세상

너를 품는 나의 눈과 가슴이 깊어질수록 가슴 깊은 곳 우물 하나 생겨나지요.

퍼 올릴수록 더 깊고 은은한 단물이 가슴속에 늘 흐르고 있지요.

한 번 더 돌아본 그 자리에서만 피어나는 꽃 한 송이.

곱씹고 곱씹어 여러 번 지나온 발자국, 그 자리에 꽃잎 떨어진 뒤에야 아름다운 열매 생겨나지요.

가슴속 빈방에 오래도록 앉아 본 이에게, 아무도 없는 텅 빈 숲을 걸어 본 이에게

홀로 사색하고 홀로 산책하는 시간 뒤에 소리 없이 찾아오는 발걸음.

아름다운 십대들이 피워 낸 성찰의 꽃 한 송이, 그 향기에 취해 볼까요.

방 또는 섬

고3 송인덕

먼 길 달려온 비가 추녀 끝에서
머뭇거리던 밤
서두가 잘린 기억의 한복판에
난데없이 떠 내려온 그는
아픔에 겨워 섬처럼 떠 있습니다
어둠도 담장 밖으로 물러나
입 다물고 서 있고
침울하게 기어다니던 가스도
따뜻하게 녹던 9월
정박할 곳 없던 스물의 영혼이
자주 뭉치는 호흡을 고르다
축축한 손을 들어 나를 확인합니다
어디서 오는지 어디로 가는지
다행히 그가 머물던 그 도시에
불 밝은 방 하나 키우며
아마도 그를 기다리고 있었는가
창백하게 숨 쉬던 그의 이마가 낯설지 않았는가

마음이 덜컹거리며

오래도록 끓고 있습니다

✦ 마음의 섬 찾기, 마음의 방 찾기

자칫 관념적이거나 추상적인 독백이 되기 쉬운 내 마음속의 섬 또
는 방, '그곳'을 이토록 섬세한 언어로 끌어낼 수 있는 힘은 어디에
서 나오는 것일까요? 오랜 습작이 없었다면 고운 언어들을 찾는 눈
과 사색이 짙게 배인 언어들이 엮어 내는 여백의 힘을 얻지 못했겠
지요.

생의 길 위에 풀어 놓을 이야기가 때론 지독한 설움이나 핏빛 아픔
으로 찾아오더라도 품고 가야 할 '불 밝은 방'. 그런 마음의 방이기
에 무거운 침묵 속에서도 늘 크고 작은 소용돌이가 있어 마음은 안
타깝게도 한없이 덜컹거리는 것이겠지요. 한 편의 시를 통해 삶을
이야기할 수 있다는 것은 아름다운 일입니다.

공사판의 하루

고2 윤희강

우정 어린 동무들
하나 둘 늦잠에서 일어나는 시간
나는 툭탁거리는 공사판 한낱 일꾼이었네
돈 오만 원 준다기에 무엇이 좋아
이리도 죽을 각오로 지붕 위의 새가 되었냐
스페인식 기와는 참으로 멋지건만
내 옆 고참 아저씨는 말하거늘, 기와는 한번 잘못 놓으면
전체가 들쭉날쭉한단다
나는 아직 새파란데 왜 그리도 그 말이
사무치게 슬픈 것일까
단돈 오만 원이 아쉬워서 욕심내는 것은 아니니
다만 오늘은 돈 생각 말고 네 자신을 생각하라
그 말이 진리였고 그것은 여기 기와지붕에 있네
고참 아저씨 언제부터 당신 인생의 기와 잘못 놓아서
이리도 목 내놓고 여기 높은 곳에 쭈그리고 있나요
그 땀은 값지지만 나, 그렇게 살지 않으리오
아르바이트라 위안하며 여기 있건만
나, 눈 부릅뜨고 내 인생의 기와 정확한 간격, 대칭으로
다시 뜯어고치고 포기하는 일 없도록 하겠네

✦ 공사판의 하루, 내 인생의 기와는?

시인의 진실한 고백에서 묻어나는 얼룩진 삶의 파편들이 오래도록
여운을 남기는군요. 시를 쓰는 이의 눈과 가슴은 반복되는 일상 속
에서도 꿈틀거리는 생명을 발견해 내고야 맙니다. 일상의 늪에서
서늘한 샘물을 길어 올리는 일이야말로 시 쓰는 즐거움이 아닐까
요? 시의 창을 통해 세상을 보면서 우리들 눈과 가슴은 날마다 새
롭게 열릴 겁니다.

이 시는 시인의 진지한 성찰의 모습이 매우 돋보이는 작품입니다.
시인은 공사장의 기와를 통해 삶에 대한 진지함과 열정을 다짐합
니다. 다만 상황을 충실하게 전달하려다 보니 시적인 절제가 떨어
져서 시의 긴장감이 줄어들었군요. 그러나 시 속에 흐르는 생을 끌
어안는 건강함에 따뜻한 격려의 말을 전하고 싶습니다.

추억에서

고3 하덕향

1
내 나이 스물
마음 가는 대로 편하게 살아온
나완 달리
뒷바라지에 찌든 아버지, 어머니
얼굴의 주름살
도둑고양이처럼 세월을 훔쳐 먹고
통통하게 오른 내 뱃살이
오늘따라 을씨년스럽게 보인다.
농협 빚에 쪼들려 괴로움 덜고자
마신 소주에 이취하여
술 취한 고양이 울음 우는 마을
굼벵이처럼 흙 속에 꿈틀대며
걸어온 길 위에
시원하게 오줌을 갈겨 댄다.
흥얼흥얼 부르는 노래
즐거운 삶의 예찬
여름밤 짧은 밤 고단한 몸뚱이
곯아떨어지고

개구리는 달빛 아래 잠 설친다.

2
생기 넘치는 여름 해
지칠 줄 모르며 세상을 달구어 놓고
모내기 끝나고 한가한 틈에
논두렁 옆 도랑에 미꾸라지 잡아
회관으로 모여든 날
보글보글 햇볕에 달구어진 냄비
동네 사람 모여들고
추어탕에 밥 말아서 조촐한 잔치 벌인다.
비워진 그릇에 막걸리 한 사발 가득 채워
들이키고는
나무 밑 평상에 누워
오고 가는 이야기
시절을 울리고
울다 웃다 지나가는 하루의 끝에
숨차 헐떡이는 해는
산마루에 모닥불 피워 놓고
귀 기울인다.

✚ 체험이 살아 있는 시

이 시는 현실에 뿌리를 두고 있으면서도 시적인 비유의 멋을 놓치
지 않고 있습니다. 이토록 살아 있는 시를 쓸 수 있었던 것은 절절
한 체험을 통한 곱씹음의 시간들이 있었기 때문이지요. 마음속에
품었던 시간만큼 삶도 언어도 더 깊어지고 향기로워지지요. 진실
한 감동은 철저하게 삶 속에 배인 사연들 속에서 살아날 수 있음을
생각하게 합니다.

우물 이야기

고3 하덕향

마음속에 우물이 있다.

시대를 거슬러 오르며
쓸모없어진
우물가엔
향나무 한 그루가 자라나고
언젠가 우물 주위엔
신비로운 향기가 났다.
새들이 나무에 집을 짓고
떠났던 사람들이
다시 돌아와
우물가에 집을 짓기 시작했다.
폐허가 되었던 땅 위에
마을이 서고
밭을 갈고 씨를 뿌리고
가정을 이루었다.
노인네와 아이들이
우물가에 모여들어
장기를 두고

장대 싸움을 하고
젊은이들은 저녁 늦게까지
술판을 벌이고
모두가 향기에 취해
추억을 떠올렸고
그런 향나무를 고맙게 생각했다.

그들은 몰랐다.
향나무의 뿌리가
우물에 닿아 있다는 것을.
마을을 감싸는 향기가
우물의
마르지 않는 사랑이라는 것을.

✤ 따뜻하게 감싸 주는 시

저도 모르게 향나무의 은은한 향기에 취해 마냥 서 있습니다. 그 향
이 참으로 따뜻하고 포근해서지요.
"향나무의 뿌리가 우물에 닿아 있다"는 표현은 시인의 남다른 성찰
이 돋보이는 대목이군요. 오래도록 곱씹음의 시간을 가진 뒤에라
야 나올 수 있는 표현입니다. 새로운 한 해를 시작하면서 조금은 두
렵고 조금은 들떠 있는 우리들의 가슴에 이 시의 향기가 잔잔하게
스며듭니다.

목욕탕에서 쓴 시

고2 윤희강

만호 삼촌은 때밀이다
사내끼리 발가벗은 몸
뜻 없이 웃고 떠들던 때도
모다 벗어 버리고
웅웅거리는 사우나에서
이제사 스무 고개 바라보는 나 같은 청춘을
벌써 아득히 떠나보낸 삼촌의
흉터투성인 이야기
비어 가는 내 가슴으로
삼촌의 가래 낀 목소리가
더 크게 울린다

지금까지 결코 혼자였던
생을 살아오면서,
친구요 의리요 방황이요
그것만이 전부요,
믿어 버린 내게
삼촌의 팔뚝에 봉오리 진 장미는
내 지내 온 생보다 더

많은 말을 해 주고 있었다
그때는 아직 꽃이 필 때가
아니었다는 삼촌,
하지만 정작 수십 해가 지나도록
팔뚝에 박혀 피지 못한 꽃은
나에게 무엇이냐 말이다

그동안 나를 감아 오던 궤도를 좇아
한 겹씩 때 벗겨 간다
밤이면 낮처럼 낮이면 밤처럼
불을 피우고 불을 꺼 버리던
나의 친구들 너울거리는 낯들을
차례로 지나
집으로 가는 길
언제나 알 수 없는 허망함에
내일마저 있다면
뒤좇아 오던 길은 불 붙여 피워나 물고
가벼운 재로 남기던,
그 밤길을 지나 지나
아무도 없는 빈방
밤이슬 맞은 머리털같이
눅눅해진 이불 속으로 들면
또다시 술취한 아침이면,

머리맡에서 갈증을 들이키는
나의 시, 시
아침이 두려운 때가 어떤 것인지
나는 알아 버렸다
결코 혼자서 일어나야 하는
누구도 가지지 못하는 놈이라,
수많은 모래알 속에서
나와 함께 있어 준 것은
내 옆의 모래알 아닌
나를 끌고 가는 거센 물살이었다는 것을
나는 날이 새어서야 깨닫곤 했다

열아홉 나의 얼마만큼의 생은
흐르는 물살에 실려 와
지금 여기 뜨거운 온탕에서
한데 섞여 몸을 불리고 있다
때 벗겨 간다
이제 만호 삼촌은 때밀이다
삼촌은 아마도
지난 당신 삶의 더러웠던 순간을
지금까지도 발목을 붙잡는다는
단지 순간뿐인 순간을
한평생 벗기며 살지도 모른다

사람들의 껍데기도 벗겨 주며
이제야 비로소 당신을 위해 살지 모른다

나의 등을 밀어 주는 삼촌의 팔뚝에
아직 봉오리 진 장미가
거울에 비쳐
불끈거리며 잎을 밀어내고 있었다

✦ 열아홉의 비망록

시에서 열아홉 살 시인의 가볍지 않은 눈물을 봅니다. 우리의 삶은
저마다 제 길을 가지만, 언젠가는 한곳에서 만날지도 모르지요. 다
만 그때 그 순간을 위해서 쓰러지면 서로 일으켜 주고, 비틀거리면
어깨를 내밀어 주어야 하는지도……. 때밀이 삼촌의 이야기 속에
흐르는 시인의 고백은 너무나 진지한 면면을 느끼게 합니다. 그 무
엇보다 진실의 힘은 가장 아름다운 모습일 거예요. 힘든 시간들 속
에 이렇게 온전하게 '나'를 드러낼 수 있다는 것은 아름다운 용기가
아닐까요. 삼촌의 팔뚝에 피어오르는 장미처럼 시인의 열아홉 살
비망록에 피어나는 꽃 한 송이를 보고 있습니다.

역사

고3 이진우

잠깐 사이 눈꺼풀이 살짝 감기고
국사 책 위로 머리를 박는다.
그렇게 고귀하다는 우리의 역사
지난 시간들을 배우는 시간
온고지신하라고
그는 목을 고래고래 질렀다.
너희들이 살아생전 언제 한번
이런 것을 배우겠느냐
한번 할 때 제대로 하라고
목에는 핏대가 서고 한두 번
속 깊은 곳 가래가 섞이기도 했다.
역사 속 그놈의 많고 많은 영웅들은
모두 어디서 무얼 그리 했길래
머릿속 가득히 차서는 꼭
16세기로 시작한다.
아름답게 지켜 나가자는 우리 고유의
유교 전통은
몇백 년을 살면서 우리 민족을 닮아 버렸다.
나름대로의 자부심으로

나름대로의 관용으로 살아간다.
그들이 언제 한번 허리를 굽혀나 보았겠느냐만
온고지신하라는 말
나 혼자 멍하니 씨부렁씨부렁거리며
한 시간 욕고지신만 배우다
치국평천하로 끝이 났다.

✚ 캐묻고 캐묻고 스스로에게 던져 보는 질문 '왜?'

과거와 현재를 보는 시인의 시각이 엿보이는군요. 삶에 대한 '왜?'
라는 물음은 지금 이 순간, 더 나아가서는 나 자신의 삶을 바꾸어
놓을 수도 있을 것입니다. 주어진 그대로만 받아들이는 눈과 가슴
은 얼마나 맥없고 수동적인가요? 삶을 있는 그대로 받아들이는 태
도도 필요하지만, 우리의 의식을 지배해 온 이데올로기에 대해, 그
고정관념이 만들어 놓은 굴레에 대해 '깨어 있다는 것'은 비판으로
부터 시작될 것입니다. 스스로에게 던지는 '왜?'라는 물음이 많을
수록 나의 어제와 오늘, 내일이 더욱 탄탄해질 것입니다.
일상의 울타리를 튼튼하게 세우기 위한 시 창작, 그 즐거운 산책의
길에 늘 시인이 서 있기를…….

국화 1

고1 박세희

국화, 라는 이름의
초록 시골길 산 들잎 같은 하이얀 계집애
있었지요, 아무도 아무도 모를 테지만
국화, 라는 이름의
찢어진 흰 고무신 라면 봉지 부수어
모올래 빨간 손 쪽쪽 빨아 대며
매워 눈물 찌륵찌륵
담벼락에 오줌 누듯 시원하게 흘리던 촌놈
처음
처음으로 설레게 한
부드런 살결 맑은 눈망울
은가락지 꼬옥 낀 투명한 깨끼손가락
그 손 그 손가락
잡고 싶었지요, 고 계집애
가느다란 손 잡으면
잡으면
참말 좋을 것 같았지요, 엄마 따뜻한 젖가슴만큼

✦ 첫사랑이 가져다준 풀 향기

시인의 가슴속을 적신 연분홍빛 꽃물 같은 사랑, 국화. 첫사랑의 풀 향기가 시를 읽는 내내 코끝에 맴돌았습니다. 시인의 가슴에 찾아든 '국화' 님을 한 번 만나고 싶을 정도로요. 시인의 눈물, 설렘, 그리움 들이 시인의 언어 속에서 늘 새롭고 아름답게 피어나기를…….

19세 마지막 청소년의 가을을 보내며

고3 신동재

세상이 깊이 까맣게 물든
어느 가을날
얼마 전까지 살던 시골에서 듣던
풀벌레 소리가
내 기억에서 맴돈다

스르륵스르륵
찌르르륵 톡 하는 소리

나는 그 소리가 들릴 때면
잠자다가 말고
툭툭 깨어 보니……
알고 보니 꿈을 꾼 모양이다……
꼬집어 보고
꿈임을 확인하고
다시 잠이 든다……
그러다 또다시 깨고……
밖으로 뛰쳐나가
쓸쓸한 가을 하늘을 휭 둘러보곤

다시 돌아와
펜을 들고
한 자
한 자
적어 가는 외로움들에 흠뻑 취해
눈을 지그시 감고는

이번에는 전생을 꿈꾼다……
풀잎가를 맴맴 돌고 있는 나
나는 풀벌레가 되어 울었나 보다
그러다가 잠이 깼다……
또다시 살을 꼬집어 본다

그러고는 다시 펜을 들고
이번에는 시를 쓴다……
한 자 한 자 적혀 가는
글들은
하나의 행이 되고
하나의 연이 되고
하나의 시가 되고
하나의 그림이 되어
또다시 꿈을 꾼다
지금은 미래

나는 미래의 풀벌레

꿈꾸며

이번에는 희망의 정상에

솟아올라 감격의 울음을 흘린다……

그 순간 꿈에서 깼다……

다시 살을 꼬집어 보고는

거울에 비친 내 얼굴을 들여다본다

퉁퉁 부어오른 눈두덩

나는 꿈을 꾸며 울었나 보다

그러고는

또다시 연필을 들고

종이에 한 자 한 자씩

또렷또렷하게

하나의 행을 쓰고

하나의 연을 쓰고

하나의 시를 완성하고

거기에다 내 울음을 달고

거기에다 내 슬픔을 달고

거기에다 내 미래를 달고

거기에다 내 운명을 달고

또한 온 세상을 달고
내 심장은 뛰고 뛰어
또 뛰어

보이지 않는 개울을 만들고
보이지 않는 연못을 만들고
보이지 않는 강가를 만들고
보이지 않는 바다를 만들고
보이지 않는 산을 만들고

나는 그곳에 새로움을 더하고
나는 그곳에 사랑과 신비를 더하고
나는 그곳에 모든 감사와 존경을 더하고
나는 그곳에 철학과 내 기(氣)를 더하고

또다시 꿈을 꾼다……
그리고 다시 깨어나
연필을 든다
다시 또렷또렷한 소리를 내며
이제는 모든 욕심과 사심을 버리고
다시 시작하는 외로움으로
그들을 달래어 본다.

✤ 시 사랑! 그 아름다운 고백

이 시를 읽으면서 과연 어떤 시가 좋은 시일까 새삼스럽게 생각해 보았습니다. 좋은 시란, 자신을 사랑하고 삶을 사랑하는 사람이 쓰는 가장 진실한 고백이 담긴 시일 거예요.

시 속에서 꿈꾸고, 시 속에서 사랑하고, 시 속에서 삶을 그리는 동재님! 오늘 잠깐 접었다고 해서 이토록 시인의 가슴을 뜨겁게 하는 시를 떨칠 수 없을 거예요. 가슴속 깊은 곳에 들어앉아 흔들릴 때에도, 초라해졌을 때에도 보듬어 주고 따뜻하게 속삭여 줄 겁니다. 누가 보아 주지 않아도 시인의 시는 들길에 핀 꽃처럼 제 향기를 내며 빛을 발할 거예요.

눈발 날리는 날

고1 박세희

왼손은 주머니 속에
오른손으로는 시집 한 권을 들고
집으로 돌아오는 길
겨울바람에
시집을 들고 있는 오른손이
참 많이도 시렸습니다
시린 오른손의 통증은
안경 속 감추어 둔
눈망울, 눈동자 속으로 전해 오고
갑자기 사알금 내리던
눈송이 송이
거센 눈발이 되어
내 몸을, 거리의 사람들을 휘감았습니다
추웠습니다
시집을 들고 있는 오른손보다
안경 속 감추어 둔 눈망울이
그리고 흐르는 미안한 눈물이
식어서 내리는 동안
나는 뜨거운 라면 한 그릇

참으로 먹고 싶었습니다

✤ 눈 내리던 날, 라면 한 그릇

한 손에 시집을 든 채 눈을 맞으며 걸었을 시인의 모습이 눈앞에 그려집니다. 눈 내리던 날의 소박한 고백임에도 불구하고 가슴 깊이 한 방울의 눈물을 나누게 하는 것은 시인의 가슴속에서 스며 나오는 시의 향기 때문일 거예요.

그런 시인에게 '뜨거운 라면 한 그릇'도 사 주지 못하는군요. 못나게도 멀리서 마음만 전합니다. 시인이 만나고 숨쉬고 느끼는 창밖의 세상. 그곳에서 내딛는 한 걸음 한 걸음이 참으로 진실하고 소박하여 덩달아 시인의 풋풋한 감성에 젖어들 때가 많았습니다. 바라건대, 자기 자신을 끊임없이 반추하고 성찰하면서 시 창작의 깊이를 더해 가기를…….

"가장 효과적인 시 창작 지도는
글을 통한 삶의 대화다"

교사가 아닌 한 사람의 벗으로 만나기

학생의 창작시를 대할 때마다 평가자가 아닌 동반자로서 그들 곁에 앉아 그들의 눈높이로 세상을 보려고 노력했지요. 그래서 지금 제가 만나고 느끼는 세상은 잠시 접어 두고, 그들의 눈높이에서 그들이 만나는 세상, 그들이 품는 사물들에 대해 느껴 보고 이야기해 보는, 조금 부드러운 대화를 선택했습니다.

   학생의 시를 만날 때, 저는 가능한 한 시 속의 장면을 상상해 보았습니다. 그가 걸었을 길을 따라 걸어 보고, 그가 했을 듯한 행동을 따라가 보았답니다. 교사로서가 아닌 벗이 되고자 했으며, 글 뒤에 따라와 부끄럽게 서 있는 사람을 보려고 애썼습니다. '속내를 털어놓기가 쉽지 않았을 텐데 얼마나 용

기가 필요했을까?'

학생들의 글은 겉으로만 시일 뿐 실상은 그 뒤에 서 있는 시 '쓴 이'의 마음입니다. 시는 마음과 마음 사이의 아름다운 징검다리인 셈이지요. 시를 통한 대화는 그와 발걸음을 함께 할 수 있는 마음, 그의 이야기를 가만히 들어 줄 수 있는 마음 에서 시작됩니다.

'판단'하는 나를 내려놓고 '고백' 들어 주기

나의 행동이나 생각의 잘잘못을 따지기 앞서, 내 이야기를 그 저 묵묵히 들어 주는 사람. 누구나 그런 사람이 한 명쯤 곁에 있어 주었으면 하는 바람을 가져 보았을 것입니다. 답답한 속 내를 털어놓고 싶을 때, 여기저기 찢긴 상처를 위로받고 싶을 때, 깊은 밤 외로움이 찾아들 때, 가슴속 깊은 이야기를 들어 줄 누군가를 필요로 합니다. 누군가를 필요로 하는 그에게 살 며시 다가가 마음의 문을 두드려 보세요. 자신의 이야기에 귀 기울여 줄 이가 있다는 것만으로 마음속의 이야기를 고백할 수 있는 힘이 생기고, 나를 돌아볼 수 있는 사랑이 솟아나기 시작할 겁니다. 저는 학생들의 작품을 만나면서 십대 청소년 이 겪는 방황, 혼돈, 좌절, 불안은 결과가 아니라, 한 사람으로 서 단단하게 내면을 키우기 위한 치열한 과정임을 깨달았습 니다. 쉬이 뜨거워지고 쉬이 식어 버리는 마음, 시시각각 행 복과 불행 사이를 오가는 소용돌이치는 마음, 쉽게 상처 받고 그늘지는 마음. 그들의 모습 하나하나를 어른들의 잣대로 판단하거나 평가하지 않고 있는 그대로 바라봐 주는 마음이 중요하지요. 부족하고 비틀거리더라도 나를 이해해 주고 지지해 주는 단 한 사람만 곁에 있다면 다시 일어설 수 있는 용기와 사랑을 배울 수 있기 때문에 작품에 대한 평가 이전에 그저 열어 놓고 다가온 마음을 고맙고 귀하게 받아들이는 것이 필요합니다.

가슴속에 '느낌표'가 춤추게 하기

가슴속에는 물음표만 가득합니다. 감성에 비해 이성의 힘이 비대해진 때문이지요. 하지만 창작은 특별한 힘이 있어서 논리와 이성으로 꽁꽁 묶여 버린 메마른 눈과 가슴에 촉촉한 감성의 단비를 내려 주지요. 이성의 껍데기가 단단해질수록 감성은 힘을 잃고 왜소해질 수밖에 없습니다. 이 땅의 현실은 학생들에게 입시 경쟁에서 살아남으려면 나약한 감성을 버릴 것을 암묵적으로 요구하고 있습니다. 상처 받지 않기 위해 차라리 무심한 돌덩어리가 되어 버리는 학생들을 바라보는 것은 참으로 안타까운 일입니다. 문학 교육도 창작 교육도 그 가장자리만 서성거리고 있습니다. 감성을 키워 주는 교육은 내면의 영혼을 따뜻하게 돌볼 수 있도록 자극해 주지요. 단단히 무장한 이성에 갇힌 감성의 새가 자유롭게 비상하도록 길을 열어 주는 비밀스러운 힘이 바로 시 창작에 담겨 있습니다.

머리로 만나는 세상과 마음으로 만나는 세상의 모습은 빛깔도 향기도 다르지요. '머리'는 판단하고 비교하고 분석하는 예리한 칼날을 휘두르게 하지만, '마음'은 존재를 들여다보고 삶을 들여다보게 하지요. 창작 교육에서 감성의 물길을 잡아 주고, 사색과 성찰이 짙게 배인 힘 있는 감성 언어를 품어 낸 시에 아낌없는 격려와 지지를 보낸다면, 학생들 스스로 창작의 바다를 온몸으로 누비는 한 마리 뜨거운 고래가 될 것입니다.

시 창작을 통해 '삶의 힘' 길러 주기

특기자 전형으로 대학에 진학하기 위해서, 시인이 되기 위해서 시를 쓰는 것은 아닐 겁니다. 글쓰기에 대한 전문적인 소양을 가진 몇몇 학생들은 예외적인 경우라 할 수 있겠지요. 수년간 창작 지도를 하면서 보편적인 시 창작의 힘이 무엇일까 곱씹어 보았습니다. 그러면서 자연스럽게 얻은 답은 '삶의 길찾기'였어요. 글을 통한 배설은 정신을 맑게 해 줍니다. 영혼에 마르지 않는 샘물이 채워지면 누구라도 살뜰한 삶을 설계합니다. 마음이 여물면 삶도 건강해지니까요. 시를 쓰는 것은 삶을 쓰는 것이니, '시의 힘'은 곧 '삶의 힘'인 셈이지요. 한 편의 시를 창작하면서 자신의 길을 찾아 떠나는 여행의 첫발을 내디디는 것이야말로 시 창작이 지닌 가장 아름다운 힘입니다.

삶을 새롭게 하는 '발상' 열어 주기

시를 쓰는 즐거움은 어디에 있을까요? 나만의 색깔과 향기가 담긴 목소리를 담으려면 대상을 품는 특별한 눈이 필요합니다. 똑같은 사물이더라도 다른 각도에서 사물을 볼 수 있어야 합니다. 일상 속에도 생명의 신비와 우주의 신비가 무궁무진하게 많으니까요. 사소함을 사소함으로 보지 않는 눈, 일상을 일상으로 보지 않는 눈, 작은 것에서 위대함을 찾아내는 감각은 오늘 눈앞에 보이는 크고 작은 것들의 존재를 새롭게 태어나게 합니다.

시 창작에서 톡톡 튀는 나만의 발상을 즐길 수 있도록 하는 일은 그래서 조금 특별합니다. 나만의 눈으로 세상 보기, 나만의 눈으로 해석하기, 너를 향한 나만의 특별한 말걸기는 권태로움에서 벗어나도록 해 줍니다. 무뎌진 마음을 깨워 주고, 무기력해진 마음에 생기를 불어넣어 줍니다. 시 창작은 지금 이 순간을 새롭게 만나는 힘을 열어 줍니다. 발상 연습을 생활 속에서 즐길 수 있게 되면 시도 삶도 변화하기 시작합니다.

고통과 눈물에 대해 아낌없이 격려하기

내 이야기에 귀 기울여 줄 누군가를 애타게 기다려 온 것처럼, 제가 운영하는 '청소년을 위한 본격문학감상창작사이트'를 찾아온 박지훈이라는 학생이 있었습니다. 그 학생의 너무나 솔직한 고백에 한편으로는 당혹스러웠습니다. 자신의 아

품과 고통을 여과없이 그대로 드러냈으니까요. 부모님 간의
갈등으로 인한 두 형제의 눈물, 가출하신 어머니에 대한 그리
움, 홀로 두 아들을 키우시는 아버지에 대한 연민까지, 수많은
고백이 폭포수처럼 쏟아졌습니다. '시'를 친구 삼아 마음을
이야기하는 학생이었습니다. 고통스러운 현실로 인한 삶에
대한 갈증이 쓰고 또 써도 채워지지 않는 창작에 대한 목마름
으로 이어졌을지도 모릅니다.

　　일주일에도 몇 편씩 창작사이트에 올라왔던 그 학생의 시
에는 늘 다하지 못한 말의 여운, 쉽게 끝날 것 같지 않은 눈물
이 맺혀 있었습니다. 저는 그 마음 곁으로 다가가 가만히 들
어 주는 역할에 충실했습니다. 가능한 한 충분히 들어 주고
격려해 주는 것으로 소통하기 시작했습니다.

　　내면에 상처를 안고 제게 다가온 박지훈 학생과 주고받은
시와 편지들을 소개합니다. 본문에 다 싣지 못한 시까지 함께
담습니다.

빨래 널기

세탁기 속 빨래 이리저리 돌고 돌아
내 팬티는 동생 난닝구랑 섞이고
아빠 남방 엄마 바지랑 섞였다.

하나씩 꺼내어

털어 널었다.

엄마 옷이랑 아빠 옷은 나란히
따스한 햇살을 받는다.

감성 편지　　시인의 눈길이 참 풋풋합니다. 시를 읽으면서 저는 시인의 가슴
속에 흐르는 잔잔한 물줄기를 만나고 있습니다. 겨우내 꽁꽁 얼어붙었던 얼
음장이 녹아서 흐르는 물처럼 여린 듯하지만, 참 맑습니다. 시인의 시에 내리
쬐는 볕을 받아 저의 가슴마저도 따뜻해집니다. 뽀송뽀송 마르고 있을 엄마
아빠의 옷가지들 속에 숨바꼭질하듯 숨은 햇살이 두 분의 사랑을 더욱 단단
하고 아름답게 지켜 드릴 테지요. 일상에서 시의 소재를 발견해 내고 자신만
의 언어로 차분하게 풀어 가는 시인의 시가 더욱 아름답게 피어나기를 기대
합니다.

엄마 자전거

눈치 보며 전세방 살던 그때
나 열나고 몹시 아파
엄마는 바구니 달린
커다란 자전거 몰고
멀리 떨어진 약국까지 갔습니다.

엄마가 타던 자전거

계단 구석에 가만히 있지만
타고 다니던 엄마가 없습니다.

자전거 끌고 나가
페달을 밟아 봅니다.

잘 끼워 있던 체인
노오란 녹이 꺼억꺼억
힘겨워하고

팽팽했던 타이어
바람 빠져 터덜터덜
속 뼈까지 바닥에 닿습니다.
자전거는 얼마 가지 못하고
나를 잡고 흔들며
넘어집니다.

감성 편지 '자전거'에 시인의 과거와 현재의 모습이 매우 사실적으로 담겨 있습니다. 엄마의 손때가 묻은 자전거를 통해 시인의 애틋한 속내를 따라가기에 충분합니다. 가까스로 버티고 선 자전거, 그 자전거에 몸을 맡긴 시인의 모습 하나하나가 가슴속에 남겨진 흔들리는 어머니의 존재를 향한 시인의 마음을 선명하게 드러내 주는군요. 아낌없이 격려하고 싶은 작품입니다.

얼마간의 시간이 흐르면서 시인의 진실한 고백을 담은 시에 대한 저의 호감은 어느덧 두려움으로 바뀌어 가고 있었습니다.

게시판에 실명으로 작품을 올렸기에 개인의 신상이 공개되는 것에 대한 염려와, 상처를 자기 안에 담아 두지 못하고 아픔을 모조리 쏟아 내고 있는 것 같아 안타까운 마음이 들기 시작했습니다. 하지만 그러한 저의 우려는 아랑곳없이 한번 마음을 연 시인의 창작 시들은 숨김없이 있는 그대로의 감정을 싣고 게시판을 가득 채우고 있었습니다. 사무치는 어머니에 대한 그리움은 어느새 주체할 수 없는 슬픔을 넘어 원망으로까지 표출되기 시작했지요.

고름

나를 잊어버리고 싶다.
동생은 친구들과 놀고
부모님은 이혼하고
난 공부하기 싫고

머리에는 온통
버짐처럼 여드름처럼
볼록볼록 혹 같은 것이
머리카락 사이사이를 비집고

살 위로 솟아오른다.

머리를 빗을 수 없다.
피가 나니까

두둘두둘 껍질 벗기면
찍찍 터져 나오는 고름
지저분하게 머리카락에
모질게도 달라붙는다.

감성 편지 시인이 가진 또 다른 고통을 아주 솔직하게 고백한 시입니다. 그래서일까요. 시 속에는 묘하게도 누구도 거역할 수 없는 자신이 들어 있습니다. 저는 시인에게 속삭여 봅니다. 아픔은 누구에게나 있는 거라고 말이지요. 시련 또한 누구에게나 찾아든다고. 중요한 것은 그것을 어떻게 딛고 일어서는가, 어떤 눈으로 세상을 볼 것인가에 있답니다. 그것은 바로 어떤 고통과 시련에 부딪히더라도 자신의 향기와 빛을 놓치지 않는 것이지요.

이 여자

다섯 살, 두 살 아이를 두고
짐 싸들고 집 나갔다가
6개월 만에 돌아온 이 여자
8년 넘게 남편과 각방 쓰고

남편더러 돈 못 번다며
이혼하자고 칼을 든 이 여자
중학교, 고등학교 다니는 자식을
남편한테 맡긴 채 이혼해 버린
이 여자
그래도 하나뿐인 우리 엄마…….

감성 편지 '이 여자'는 바로 엄마로군요. 원망일까요, 그리움일까요, 연민일까요. 저는 시인이 엄마를 향한 아픔을 시에 그대로 드러내기보다는 가슴속에 묻고 크게 품기를 기대해 봅니다. 그와 유사한 아픔을 가진 다른 이에게 눈을 돌리기를 바랍니다. 그 아픔을 달래 주면서 시인의 상처도 치유될 테니까요. 더 크게 품는 가슴도 배울 거예요. 시인의 시가 삭막한 모래사막을 지나 풀 향기 가득한 들길을 거닐기를…….

　이 학생은 어쩌면 내면 깊숙이 뿌리내리고 있었을 상처들을 하나하나 끄집어내어 시에 담고 있었을 것입니다. 그 안의 상처와 그늘이 너무나 깊어서 마음을 돌려놓고 싶었습니다. 비록 온라인상이었지만 깊어 가는 괴로움과 무너져 가는 모습을 곁에서 바라보고 있기가 너무나 안타까웠으니까요. 저의 마음은 급해졌고, 학생의 시를 대하는 태도에도 조금의 변화가 생겼습니다.
　그러던 어느 날, 문득 저는 부끄러워졌습니다. 그가 토해낸 언어들 뒤에 감추어진 그의 마음을 보기 시작했던 것입니다. 그가 상처 받고 눈물 흘려야 했던 이유를 시 속에서 발견할 수 있었으니까요. '얼마나 힘들었을까, 얼마나 힘들면 이렇게 표현했을까, 매일매일 일상에서 겪는 고통이 얼마나 컸을까.' 시를 통한 고백, 시를 통한 배설이 그 학생에게는 자기만의 답답하고 캄캄한 감옥에서 걸어나와 조금이나마 자유를 누릴 수 있는 소통 방식인 것을 알게 된 것이지요.

상처

엄마가 미안하다
이제 같이 살자
용서할 수 있지?
엄마는 나를 꼬옥 안으며
내 볼에다가 한 방울의 눈물
떨구었습니다
울지 마 내가 닦아 줄게
이제 다시는 가지 마
우리 정말 같이 살아
그래 그래
내가 널 두고 어딜 가겠니?
자 이제 자자
엄마는 큰방에서
아빠랑 잘게

응 엄마 잘 자 좋은 꿈 꿔

아침이 밝아 벌떡 일어나
엄마 보러 큰방에 갔습니다
엄마는 없고
아빠만 쿨쿨 잠을 잡니다
아쉬워
내 방에 돌아와
눈을 감지만
꿈속의 아침
밝아 오지 않습니다

감성 편지　그동안 박지훈 시인이 보내 준 시에 고인 눈물을 보면서 자기 세계에만 머물고 있는 것 같아 안타까울 때가 있었지요. 그래서 세상 밖 다른 이들의 눈물도 읽어 보라고 말했던 적이 있습니다. 그러나 오늘 문득 시인의 시들이 그 이상의 의미를 가질 수도 있겠다는 생각을 해 봅니다. 내 안의 아픔을 고백해서 얻어지는 치유가 진정으로 시가 주는 선물일 거예요. 시인에게는 시 속의 발자국들이 단순히 아픔이 아니라, 자신을 성장시키는 큰 몸짓일 것입니다. 그 아픔의 끝, 고백의 끝자락마다 묻어나는 시인의 향기가 더욱 그윽해져서, 보는 이의 가슴속 눈물을 어루만져 주는 아름다운 한 송이 꽃이 되기를…….

저는 때론 십대 청소년이, 때론 어머니가, 때론 아버지가 되어서 삶과 시에 대해 이야기를 나누었습니다. 나의 이야기를 들어 주는 단 한 사람만 있어도 우린 다시 일어설 수 있으니까요. 얼굴 한 번 본 적 없는 학생이었지만, 매우 특별한 의미로 다가왔습니다. 글을 통해 만난 인생의 벗인 셈이지요. 학생들은 저의 답글을 선물처럼 받아 주었지만, 오히려 저에게서 그들의 시는 목마른 생의 한 곁에 자리한 맑은 샘물을 마시는 것과 같은 행운이었습니다.

집안일

세탁기 빨래 내가 널면
마른 빨래 동생이 갠다.

설겆이는
동생 한 번
아빠 한 번

청소할 땐
동생이 청소기 잡고
아빠는 걸레를 잡고
나는 정리를 하고
이렇게 산다.

감성 편지　이 시를 읽고 웃었답니다. 아빠와 동생과 시인의 정겨운 손길과 그 손끝마다 반짝이고 있을 윤기를 떠올리면서 시인의 아프지만 소박한 날들에 대해 생각해 보고 있습니다. 고통을 딛고 피워 내는 꽃 한 송이는 더 아름답고 향기로울 것입니다.

아버지가 흔들립니다

아버지는 열 시가 되면 학교에 오십니다.
우리 차는 아니지만 회사 1톤 트럭
처음에는 부끄럽고 창피했는데
교통 어중간하고 밤길 험하다며
말하지 않아도 도착해 있습니다.

오늘은 열 시가 되어도
트럭이 없습니다.

휴대폰으로 연락했더니
아버지는 교문 옆에서
떨리는 손을 흔들어 보입니다.

아버지가 술을 한잔했습니다.
오직 자식 둘만 바라보는 아버지가
독한 술을 한잔했습니다.

누구와 마셨나 했더니

"마음이 괴로워 혼자 뭇다."

아버지 눈은

구슬피 달빛을 흘립니다.

술에 취했는지 괴로움에 취했는지

팔짱 끼고 있는 아버지가

나를 잡고 흔들립니다.

감성 편지　시인이 지나간 발자국을 조용히 따라가다가 저도 모르게 눈시울을 붉혔습니다. 늘 교문 앞에 트럭을 세워 놓고 기다리시는 아버지가 오늘은 맨몸으로 기다리고 계십니다. 술에 취한 아버지도, 아버지를 부축하고 있는 시인의 눈에도 눈물이 흐르는 모습을 봅니다. 그래도 흔들리는 아버지가 외롭지 않으신 것은 아버지를 위해 내어 드릴 수 있는 시인의 따뜻한 가슴이 있기 때문이겠지요 아버지와 시인이 만들어 가는 삶의 향기가 눈물겹습니다.

　박지훈 학생과 창작 시와 감성 편지를 주고받으면서, 또 시를 통한 한 학생의 성장을 지켜보면서 오랜 창작 지도의 보람을 느낄 수 있었습니다. 앞으로 만날 수많은 어린 시인들과의 우정 어린 소통을 기대하며, 박지훈 학생과 나눈 마지막 편지를 담습니다.

　안녕하세요? 늘 부족한 저의 글을 봐 주시고 가르침을 주셔서 감사의 말씀을 전합니다. 저의 글이 세상 사람들에게 어떤 울림으로 다가갈지는 모르겠지만 따스함으로 다가갔으면 하는 바람을 가져봅니다. 언제나 따뜻한 마음으로 격려해 주시는 이낭희 선생님 감사합니다. 저는 고3이지만 1학기 수시모집 국어국문과 합격 발표가 있고 난 이후 열심히 독서를 하고 새로운 창작을 위해 나름대로 열심히 공부하고 있습니다.

시를 통해 더 풍성해지는 삶을 선택한, 아직은 이름을 얻지 못한 무명 시인! 그러나 시인으로 꿈을 키워 가는 그 길, 시인의 곁엔 늘 지지 않는 향기가 가득할 거예요.
"사랑하면 알게 되고 알면 보이나니, 그때 보이는 것은 전과 같지 않으리라."

살아 있다면 리플

8년간 주고받은 청소년들의 시와 문학 교사의 감성 편지

엮은이 | 이낭희

1판 1쇄 발행일 2008년 4월 28일
개정판 1쇄 발행일 2012년 3월 26일
개정판 2쇄 발행일 2013년 7월 22일

발행인 | 김학원
경영인 | 이상용
편집주간 | 위원석
편집장 | 최세정 황서현
기획 | 문성환 박민영 박상경 나희영 임은선 최윤영 조은화 전두현 최인영 정다이 이보람
디자인 | 김태형 임동렬 유주현 최영철 구현석
마케팅 | 이한주 하석진 김창규 이선희
저자·독자 서비스 | 조다영 함주미(humanist@humanistbooks.com)
표지 출력 | 이희수 com.
용지 | 화인페이퍼
인쇄 | 천일문화사
제본 | 정민문화사

발행처 | (주)휴머니스트 출판그룹
출판등록 | 제313-2007-000007호(2007년 1월 5일)
주소 | (121-869) 서울시 마포구 연남동 564-40
전화 | 02-335-4422 팩스 | 02-334-3427
홈페이지 | www.humanistbooks.com

ⓒ 이낭희, 2012

ISBN 978-89-5862-241-3 04810

만든 사람들

편집장 | 황서현
기획 | 문성환(msh2001@humanistbooks.com) 박민영
편집 | 이영란
표지 디자인 | 유주현
본문 디자인 | 김수연
일러스트 | 서영경

• 이 도서의 국립중앙도서관 출판시도서목록(CIP)은 e-CIP홈페이지(http://www.nl.go.kr/ecip)와 국가자료공동목록시스템(http://www.nl.go.kr/kolisnet)에서 이용하실 수 있습니다.(CIP제어번호: CIP2012000894)
• 이 책은 저작권법에 따라 보호받는 저작물이므로 무단전재와 무단복제를 금합니다. 이 책의 전부 또는 일부를 이용하려면 반드시 저자와 (주)휴머니스트 출판그룹의 동의를 받아야 합니다.
• 이낭희 선생님의 '청소년을 위한 본격문학감상창작사이트(www.nanghee.com)'에서는 이 책에 담긴 시를 지은 시인들의 소식을 기다립니다.